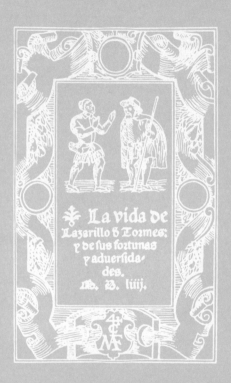

小癞子

[西班牙]佚名

杨玲 译

生活·讀書·新知三联书店

Simplified Chinese Copyright © 2022 by SDX Joint Publishing Company.
All Rights Reserved.
本作品简体中文版权由生活·读书·新知三联书店所有。
未经许可,不得翻印。

图书在版编目(CIP)数据

小癞子/(西)佚名著;杨玲译.—北京:
生活·读书·新知三联书店,2022.1
(三联精选)
ISBN 978-7-108-07224-5

Ⅰ.①小… Ⅱ.①佚…②杨… Ⅲ.①中篇小说-西班牙-近代 Ⅳ.① I551.44

中国版本图书馆 CIP 数据核字(2021)第 156486 号

责任编辑　崔　萌
装帧设计　鲁明静
责任校对　曹忠苓
责任印制　张雅丽
出版发行　生活·讀書·新知 三联书店
　　　　　(北京市东城区美术馆东街 22 号 100010)
网　　址　www.sdxjpc.com
经　　销　新华书店
印　　刷　三河市天润建兴印务有限公司
版　　次　2022 年 1 月北京第 1 版
　　　　　2022 年 1 月北京第 1 次印刷
开　　本　850 毫米 × 1168 毫米　1/32　印张 3.75
字　　数　55 千字
定　　价　38.00 元
(印装查询:01064002715;邮购查询:01084010542)

《小癞子》插图

忽然间，我在箱子里那一块块面包之中，看到了上帝的脸……第二天，他刚一出门，我便打开了我的面包"伊甸园"，捧起一个面包就啃起来，两段《信经》的工夫，我就让它消失得无影无踪了，吃完后，还没忘把打开的箱子锁好。

《小癞子》插图,伊诺森西奥·梅迪纳·维拉绘

他喝的时候发现酒少了,为了保住自己的酒,他从此不再放开酒壶,总是紧紧地把住壶把儿。我就专门截来一段长长的麦秆儿,伸进酒壶口,把里面的葡萄酒喝个精光,磁石也没有我这般吸力。

《小癞子》插图,弗朗西斯科·戈雅绘

他用两只手抓着我,狠命把我的嘴巴掰开,毫无顾忌地把鼻子伸了进去。……他这样一来,再加上我怕得要命,那段不幸的香肠又没在我的胃里待安稳,最主要的是,他那个超级长的鼻子带来的惊悚,差点儿把我憋死,所有这些加在一起,使得我把干过的好事、吃下的美味一股脑儿抖搂出来,也算物归原主了。

《小癞子》插图，托马斯·威克绘

我话音刚落，可怜的瞎子像公羊似的扑过来……他一头撞在了柱子上，就像撞到了一个大南瓜上似的，发出咚的一声巨响。随即，他向后倒去，摔了个半死，脑袋开了花。"怎么，您能闻出香肠的味儿，就闻不出柱子来？您好好闻闻，闻闻吧。"我对他说。

常读常新的文学经典

"经典新读"总序

意大利作家卡尔维诺认为文学经典可资反复阅读,并且常读常新。这也是巴尔加斯·略萨等许多作家的共识,而且事实如此。丰富性使然,文学经典犹可温故而知新。

《易》云:"观乎天文以察时变,观乎人文以化成天下。"首先,文学作为人文精神的重要组成部分,既是世道人心的最深刻、最具体的表现,也是人类文明最坚韧、最稳定的基石。盖因文学是加法,一方面不应时代变迁而轻易湮没,另一方面又不断自我翻新。尤其是文学经典,它们无不为我们接近和了解古今世界提供鲜活的画面与情境,同时也率先成为不同时代、不同民族,乃至个人心性的褒奖对象。换言之,它们既是不同时代、不同民族情感和审美的艺术集成,也是大到国家民族、小至家庭个人的价值体认。因此,走进经典永远是了解此时此地、彼时彼地人心民心的最佳途径。这就是说,文学创作及其研究指向各民族变化着的活的灵魂,而其中的经典(及其经典化或非经典化过程)恰恰是这些变中有常的心灵镜像。亲近她,也即沾溉了从远古走来、向未来奔去的人类心流。

其次,文学经典有如"好雨知时节""润物细无声",又毋庸置疑是民族集体无意识和读者个人无意识的重要来源。她悠悠幽幽地潜入人们的心灵和脑海,进而左右人们下意识的价值判断和审美取向。举个例子,如果一见钟情主要基于外貌的吸引,那么不出五服,我们的先人应该不会喜欢金发碧眼。而现如今则不同。这显然是"西学东渐"以来我们的审美观,乃至价值判断的一次重大改观。

再次,文学经典是人类精神的本能需要和自然抒发。从歌之蹈之,到讲故事、听故事,文学经典无不浸润着人类精神生活之流。所谓"诗书传家",背诵歌谣、聆听故事是儿童的天性,而品诗鉴文是成人的义务。祖祖辈辈,我们也便有了《诗经》、楚辞、汉赋、唐诗、宋词、元曲、明清小说等。如是,从"昔我往矣,杨柳依依;今我来思,雨雪霏霏"到"落叶归根",文学经典成就和传承了乡情,并借此维系民族情感、民族认同、国家意识和社会伦理价值、审美取向。同样,文学是艺术化的生命哲学,其核心内容不仅有自觉,而且还有他觉。没有他觉,人就无法客观地了解自己。这也是我们拥抱外国文学,尤其是外国文学经典的理由。正所谓"美哉,犹有憾";精神与物质的矛盾又强化了文学的伟大与渺小、有用与无用或"无用之用"。但无论如何,文学可以自立逻辑,文学经典永远是民族气质的核心元素,而我们给社会、给来者什么样的文艺作品,也就等于给社会、给子孙输送什么样的价值观和审美情趣。

文学既然是各民族的认知、价值、情感、审美和语言等诸多因素的综合体现,那么其经典就应该是民族文化及民族向心力、凝聚力的重要纽带,并且是民族立于世界之林而不轻易被同化的鲜活基因。古今中外,文学终究是一时一地人心的艺术呈现,建立在无数个人基础之上,并潜移默化地表达与传递、塑造与擢升着各民族活的灵魂。这正是文学不可或缺、无可取代的永久价值、恒久魅力之所在。正因为如此，人工智能最难取代的也许就是文学经典。而文学没有一成不变的度量衡。大到国家意识形态，小到个人性情，都可能改变或者确定文学的经典性或非经典性。由是，文学经典的新读和重估不可避免。

一、时代有所偏侧。就近而言，随着启蒙思想家和浪漫派的理想被资本主义的现实所粉碎，19世纪的现实主义作家将矛头指向了资本。巴尔扎克堪称其中的佼佼者。恩格斯在评价巴尔扎克时，将现实主义定格在了典型环境中的典型性格。这个典型环境已经不是启蒙时代的封建法国，而是资产阶级登上历史舞台以后的"自由竞争"。这时，资本起到了决定性的作用。

二、随着现代主义的兴起，典型论乃至传统现实主义逐渐被西方形形色色的各种主义所淹没。在这些主义当中，自然主义首当其冲。我们暂且不必否定自然主义的历史功绩，也不必就自然主义与现实主义的某些亲缘关系多费周章，但有一点需要说明并相对确定，那便是现代艺术的多元化趋势，及至后现代无主流、无中心、无标准（我称之为"三无主义"）的来临。于是，绝对的相对性取代了相对的绝对性。恰似巴尔扎克、托尔斯泰在我国的命运同样堪忧。

与之关联的，是其中的意识形态和艺术精神。第一点无须赘述，因为全球化本身就意味着国家意识的"淡化"，尽管这个"淡化"是要加引号的。第二点，西方知识界讨论"消费文化"或"大众文化"久矣，而当今美国式消费主义正是基于"大众文化"或"文化工业"的一种创造，其所蕴涵的资本逻辑和技术理性不言自明。好莱坞无疑是美国文化的最佳例证，而其中的国家意识显而易见。第三点指向两个完全不同的向度，一个是歌德在看到《玉娇梨》等东方文学作品之后所率先呼唤的"世界文学"。尽管曾经应者寥寥，但近来却大有泛滥之势。这多少体现了资本主义制度在西方确立之后，文学何以率先伸出全球化或世界主义触角的原因。遗憾的是资本的性质不会改变。而西方后现代主义指向二元论的解构以及虚拟文化的兴盛，最终为去中心的广场式狂欢提供了理论或学理基础。

由上可见，经典新读和重估势在必行，它是时代的需要，是国民教育的需要，是民族复兴、国家发展的需要。为此，我们携手生活·读书·新知三联书店，以当代学术研究为基础，精心选取中外文学经典，邀请重要学者和译者，进行重新注疏和翻译，既求富有时代感，也坚持以我为本、博采众长的经典定位。学者、译者们参考大量文献和前人的版本、译本，力图与21世纪的中文读者一起，对世界文学经典进行重估与新读，以期构建中心突出、兼容并包的同心圆式经典谱系。我称之为"三来主义"，即"不忘本来，吸收外来，面向未来"。

除此之外，我们还特邀了相关领域的专家学者，为每部作品撰写了导读，希望广大读者可以在经典阅读的基础上，进一步了解作品产生的土壤，知其然，并且知其所以然。愿意深入学习的读者，还可以依照"作者生平及创作年表"以及"进一步阅读书目"按图索骥。希望这种新编、新读方式，可以培植读者，尤其是青少年读者亲近文学经典，使之成为其永远的精神伴侣和心灵慰藉。

需要特别说明的是，"经典新读"主要由程巍、高兴、苏玲等同事策划、推进，并得到了诸多译者和注疏者，以及三联书店新老朋友的鼎力支持。在此谨表谢忱！

（陈众议，中国社会科学院外文所所长）

目录

导　读　诙谐戏谑的悲剧与催人泪下的喜剧
　　　　——流浪汉小说开山之作《小癞子》　杨　玲　1
进一步阅读书目　12

小癞子

前　言　3
第一章　拉撒路自述身世，
　　　　及其父母是何许人　6
第二章　拉撒路如何跟了一个教士做随从，
　　　　以及跟他经历的种种事情　28
第三章　拉撒路投靠了一位侍从，
　　　　及其跟随他时的遭遇　47

第四章 拉撒路跟了一位圣母慈悲会的修士，

及其跟随他时的遭遇 75

第五章 拉撒路跟了一个兜售免罪符的人，

及其跟随他的种种经历 76

第六章 拉撒路投靠一个驻堂神父，

及其跟随他的境遇 89

第七章 拉撒路投靠一个公差，

及其跟随他的遭遇 90

译后记 杨 玲 95

导 读

诙谐戏谑的悲剧与催人泪下的喜剧

——流浪汉小说开山之作《小癞子》

《小癞子》原文书名直译为《托尔梅斯河的小拉撒路》。"拉撒路"这个名字出自《圣经》之《路加福音》中的一段典故,讲的是一个浑身生疮的讨饭者和一个财主之间的故事。讨饭的拉撒路靠财主桌子上掉下来的残羹剩饭充饥,还被财主的狗舔舐身上的脓疮。最后,拉撒路死后进了天堂,而财主则进了地狱。因此,拉撒路这个名字在西方常泛指一切社会底层穷苦的人。"小癞子"的译名得益于杨绛先生的译本。杨绛先生考证了"拉撒路"之名的出处,又参考我国古典小说《儒林外史》和《红楼梦》里将泼皮无赖称作"喇子"或"辣子"的说法,最终决定将小说的中文版定名为《小癞子》。毫无疑问,杨绛先生的译法是有严格依据的,而且结合了中国的文学经典,非常考究。

《小癞子》可谓流浪汉小说的开山之作,初版发表于1554年,是一部佚名之作。关于其作者究竟是何许人,长期以来有许多考证和争论,不过因为缺乏实质性的论据,都无法获得最终的证实。一种说法是作者为圣赫罗尼莫教派主教胡安·德·奥尔特加(Fray Juan de Ortega,?—1557),因为在同时期的历史学家、诗人何塞·德·锡古恩萨(José de Sigüenza,1544—1606)的《圣赫罗尼莫教派历史》中,记载着曾在胡安·德·奥尔特加的陋室中发现了《小癞子》的手稿,并且称赞这部短小精悍的小书,通过身世卑微的主人公的故事,展现了西班牙语的精髓,值得高雅的文人墨客鉴赏。不过,虽然似乎记录得有凭有据,却没有人能证实手稿的存在,并且,持反对观点的学者认为,所谓的手稿有可能仅是手抄稿,难以证明其主人就是作者。

另一种流传很广的说法是《小癞子》的作者可能为西班牙驻罗马教廷的代表、诗人迭戈·乌尔达多·门多萨(Diego Hurtado de Mendoza,1503—1575),这种观点的早期论述是由书志学家托马斯·塔马约·德·巴尔加斯(Tomás Tamayo de Vargas,1588—1641)提出的,而关于这种推测的最新研究则是2010年西班牙历史学家、古文书学家梅赛德斯·阿古约·依科勃的著作《再论〈小癞子〉的作者》。后者在《小癞子》的删节修订者、16世纪历史学家胡安·洛佩斯·德韦拉斯科（Juan López de Velasco，1530—1598）的文稿中，找到了成箱的名为《〈小癞子〉和〈普罗帕拉蒂亚〉修订出版事宜卷宗》的资料，其中包含大量关于迭戈·乌尔达多·门多萨的研究，很多细节可以证明《小癞子》在很大可能上是出于迭戈·乌尔达多·门多萨之笔。

又有学者认为《小癞子》以及流浪汉小说鼻祖的身份都应归属于诗人塞巴斯蒂安·德·奥洛斯果（Sebastián de Horozco，1510—1579），不仅因为这位作家所推崇的伊拉斯谟思想与《小癞子》中的人文主义精神以及对教会腐败的讽刺相契合，更是因为在这位作家的一部幕间短剧的注释中，讲述了一个名叫小拉撒路的盲人引路童的几段冒险经历，情节及一些表达和《小癞子》如出一辙，并且奥洛斯果在作品中的讽刺手法和一些个性化的表达都与《小癞子》十分相似。但也有学者对这个观点提出质疑，因为如果按照上述思路以及奥洛斯果的创作轨迹推测，那么其创作《小癞子》的时间应该是其不满十六岁时，这显然有些不合乎常理。

现代西班牙学者阿美里科·卡斯特罗（Américo Castro，1885—1972）及其学派认为《小癞子》的作者是西班牙16世纪的"新基督徒",即皈依基督教的犹太人。理由有三:其一,这位无名氏在书中的语气和态度常常让人感觉其置身世外,似乎丝毫没有融入当时的西班牙社会之中;其二,小说中多次戏仿和调侃基督教的各种神圣仪式,例如圣餐、临终傅油等;其三,主人公取名"拉撒路",寓意明显,反映的是《圣经》中死亡与新生的母题,无论是整体还是每一章节,小说都彰显并且嘲讽了这一主题。第一章中,小癞子因为偷酒喝、偷香肠吃,每一次都差点儿被瞎子打得丢了性命,幸而又奇迹般好转;第二章中,饥饿难耐的小癞子又因为偷吃面包而被教士毒打,险些丧命,最后死里逃生;第三章,小癞子虽然没有遭到主人肉体上的欺凌,却是跟着那位虚伪的主人过着行尸走肉般的生活,虽生犹死,住所如同坟墓一般,最后由于主人出走才脱离苦海。如此类推,每章都在死与生之间徘徊,都是"死而复生"的循环,尽管这种死而复生是毫无荣耀可言的。直到最后一章,小癞子终于"交上好运",获得了"新生",然而,最大的讽刺就在于,这样的新生是以放弃体面和荣誉换来的。基于以上种种理由,阿美里科·卡斯特罗推断作者本人是表面皈依却心怀愤恨的新基督徒。

关于《小癞子》不同版本的相关研究也很多。《小癞子》1554年分别于布尔戈斯、阿尔卡拉、安特卫普和梅迪纳德尔坎波等地先后出版，并且几个版本相对独立，有学者认为这几个已知版本皆不是作品的源头，而是在1552年前后还有一个版本。从书中提到的真实历史事件上看，例如外乡的乞丐被驱逐出托莱多城，西班牙出征奥斯曼土耳其帝国治下的赫尔维斯，时任神圣罗马帝国皇帝的卡洛斯一世进入托莱多并建立王朝等，都可以推断小说成书于1552年左右。

事实上，小说中的故事情节的起源要早得多，远在13世纪的欧洲民间故事中就有一个为瞎眼叫化子领路的孩子的形象，14世纪的欧洲文献中，这位盲人领路童已经有了具体的名字，正是小拉撒路。在英国传说里，他偷吃了主人的鹅；在德国传说中，他偷吃了主人的鸡；而在另一个西班牙民间故事里，他偷吃了主人的腌肉。大英博物馆里藏有一部14世纪早期的教皇格里高利九世诏令的手抄稿（*Decretales de Gregorio IX*），里面绘有七幅插画，画的就是小癞子和瞎子主人的故事。

《小癞子》堪称西班牙对世界文学的一大贡献，其意义首先在于体裁上的革新。陈众议先生称，《小癞子》

开了近代长篇小说之先河。的确,尽管《小癞子》篇幅不长,却树立了一种全新的文学典范,确定了现代小说的基本特征:个性鲜明的人物,一波三折的情节,典型的环境,以及反映社会生活的现实主义精神等。也正是因为如此,《小癞子》被誉为第一部现代小说,更被视作"《堂吉诃德》的胚胎"。

《小癞子》的经典意义还在于题材上的创新,开启了一种原创性的文学题材,即流浪汉小说。其特征有以下几点:主人公是不务正业、苟且偷生的流浪汉;以第一人称的口吻自述不幸的遭遇,不但不避讳自己身份卑微,还常常以此自嘲调侃;语言幽默诙谐,却能一针见血,针砭时弊,通过主人公四处流浪的经历,展现社会的种种丑恶现象。

流浪汉小说之所以能够在西班牙诞生,与其当时的社会环境有着紧密的联系。16世纪中叶,虽然西班牙殖民者已经成为新大陆的主人,然而,美洲的巨大财富非但无法满足政府、军队不断膨胀的开支,反倒助长了贵族的骄奢淫逸,享乐之风蔓延,社会问题越发严重。不论是为了保住征服得来的领土,还是为限制敌人的扩张,战争不可避免,穷兵黩武的政策导致劳动力的匮乏，以及残废退伍军人的不断增多。与此同时，金融和商业的盛行不仅消耗了大量掠夺而来的黄金白银，更是阻碍了农业和手工业的发展，造成社会风气的日益衰败。所有这些因素导致了流浪汉阶层的产生。正如阿美里科·卡斯特罗对其的定位，流浪汉小说是"一种反英雄冲动"，随着骑士小说和神话史诗的终结而产生。小说的发表意味着一个英雄时代的结束，昔日帝国的荣耀已经逐渐逝去，透过自嘲的语言、令人捧腹的情节，读者读出的却是西班牙社会全面衰落的伏笔。

《小癞子》的幽默与辛辣、滑稽与反讽并存，让人很容易联想到其后继者《堂吉诃德》，由此也可以窥见西班牙"黄金世纪"文坛的悲剧与喜剧之争，如果敏锐的读者再往前追溯一步，一定会意识到这种亦庄亦谐是西班牙文学由来已久的传统，塞万提斯就曾称《塞莱斯蒂娜》是西方第一部悲喜剧。从《塞莱斯蒂娜》到《小癞子》，再到《堂吉诃德》，全面展现了现代小说萌芽的过程。人物和基调上，无所不能、上天入地的英雄逐渐隐退，社会底层的人物进入到文学的殿堂，为现实主义奠定了基础。结构上，不再是零散故事组成的故事集，而是由一条主线贯穿始终，次要和分支情节构成枝枝蔓蔓，围绕主线展开。形式上，摆脱了古典戏剧的拘束，通过叙述者巧妙的讲述，将不同的时间和空间串联起来。

然而，《小癞子》的命运是曲折的。一如《堂吉诃德》的一波三折，《小癞子》一书也曾经一度只能"花香墙外"。《小癞子》1554年出版，1559年就被西班牙宗教法庭列为禁书，而在意大利、法国、英国、德国等国家，却是备受推崇。而后，一些开明的西班牙人文主义者主张放宽禁令，修改删节后出版，于是便有了胡安·洛佩斯·德韦拉斯科的删节本，删掉了讥讽圣母慈悲会修士的第四章，以及讽刺教会兜售免罪符一事的第五章等内容。直到1844年，西班牙国内读者才得以读到未经删节版的《小癞子》。

虽然一度被禁，但《小癞子》的故事和写作手法却深入人心，一时间一系列模仿之作相继涌现。其中比较著名的有马特奥·阿莱曼（Mateo Alemán，1547—1616？）的《古斯曼·德·阿尔法拉切》（*Vida del Pícaro Guzmán de Alfarache*，1599）、弗朗西斯科·德·克维多（Francisco de Quevedo，1580—1645）的《骗子外传》（*Historia de la vida del Buscón, llamado Don Pablos, ejemplo de vagabundos y espejo de tacaños*，1626）、维森特·埃斯皮内尔（Vicente Espinel，1550—1624）的《马尔科斯·德·奥夫雷贡》（*La vida del escudero Marcos de Obregón*，1618）以及弗朗西斯科·洛佩斯·德·乌贝塔（Francisco López de Ubeda，1560？—1605）的《流浪妇胡斯蒂娜》（*Libro de entretenimiento de la pícara Justina*，1605）和阿隆索·赫罗尼莫·德·萨拉斯·巴尔巴蒂略（Alonso Jerónimo de Salas Barbadillo，1581—1635）的《拉纤女之女或奇情异想的埃莱娜》（*La hija de Celestina o la ingeniosa Elena*，1612）等。甚至塞万提斯也曾尝试创作流浪汉小说，例如收录在《训诫小说》（*Novelas Ejemplares*，1613）中的《林孔内特和科尔塔迪略》（*Rinconete y Cortadillo*）就是明证。

小癞子和堂吉诃德、桑丘·潘沙、塞莱斯蒂娜一起，成为西班牙文学，乃至世界文学的不朽典型。即便是没有读过《小癞子》的人，很可能也在西方美术史或者绘画书籍中看到过西班牙浪漫主义画派画家弗朗西斯科·戈雅于1808—1812年创作的《托尔梅斯河的小拉撒路》。画中一个紧闭双眼的男人正用两根手指检查着一个衣衫褴褛的孩子的嘴巴，只见他左手钳住孩子的脖子，右手的手指伸进孩子的嘴巴里，孩子的表情无辜又可怜。戈雅再现的正是《小癞子》第一章中的经典情节：小癞子的瞎子主人命他去给自己烤香肠，饥饿的小癞子偷偷把香肠吞下肚，把一根蔫萝卜换到了烤叉上。当瞎子把夹着蔫萝卜的面包一口咬下去的时候，才发现真相。恼羞成怒的瞎子狠命把小癞子的嘴巴掰开，凑上去检查，又长又尖的鼻子差点儿戳到了小癞子的喉咙口，使得小癞子把吃下的美味一股脑儿地吐了出来。

《小癞子》之所以能深入人心，不仅在于其对现实的深刻反讽，更在于整部作品蕴含着的那种悲天悯人的情怀。小癞子常常忍饥挨饿，还被主人打骂，但是这些悲惨的境遇并没有使他怨天尤人、自甘堕落，相反，他仍旧保持着乐观的生活态度和一颗善良的心灵。令人最为感动的就是他和第三位主人之间的故事。这位主人是个穷得一文不名，却死要面子的落魄侍从。小癞子跟着他吃不上、睡不好，但他不但忠心地服侍主人，而且还对他抱以真切的同情和怜悯。他宁愿自己忍饥挨饿也要把讨饭要来的食物分给主人，更难能可贵的是他还想尽办法为主人保存颜面。这段故事也成为全书最令人动容的情节。他诚心想要帮助饥饿的主人，所以他并没有直接把自己讨饭得来的食物送给主人，因为他知道那样会伤害到主人的自尊心。小癞子先是夸奖做面包的"工具好",面包师傅的"手艺高",牛蹄"烧得好",使主人自然而然地接过话茬,然后才邀请主人品尝自己的食物,而且把最好的部分送给主人。正是这份细腻的、善良纯真的感情,使小癞子这个可爱的形象感人至深,长久地留在读者的心中。从他身上,读者体味到的是同情和怜悯之心给艰难时世带来的一缕温暖。

总之,借用作者的一句话,"如此不同一般,或许众人闻所未闻、见所未见的逸事,应当广为宣扬,不要被埋葬在遗忘之中才好"。

杨 玲

2021年1月

进一步阅读书目

陈众议,《西班牙文学:黄金世纪研究》,译林出版社 2007 年版

克维多著,杨绛译,《西班牙流浪汉小说选》,人民文学出版社 1997 年版

克维多等著,盛力、吴健恒、余小虎译,《西班牙流浪汉小说选》,昆仑出版社 2000 年版

Anónimo, *La vida de Lazarillo de Tormes*, Castalia Ediciones, 2011

Francisco Rico, Francisco López Estrada, *Historia y crítica de la literatura española Siglos de Oro: Renacimiento*, Editorial Crítica, 2004

Francisco Calero, *Juan Luis Vives autor del Lazarillo de Tormes*, Biblioteca Nueva, 2014

小 癞 子

La vida de Lazarillo de Tormes y de sus fortunas y adversidades

前 言

我认为，如此不同一般，或许众人闻所未闻、见所未见的逸事，应当广为宣扬，不要被埋葬在遗忘之中才好。毕竟很可能有人读了会从中找到令他喜悦的东西，即使是那些不求甚解的人也能开心畅快。在这方面，普林尼[1]说得好：就算再糟糕的书，也不会一无是处。况且各人爱好不尽相同，某个人嗤之以鼻的东西，另一个人却爱得发狂。同样，有些人不屑一顾的东西，另一些人却看得很重。也就是说，任何东西，只要不是罪大恶极，就不应当摧毁弃绝，而是应公之于众，特别是那些本就无害，甚至还能从中获取一些益处的东西。因为，如果不这样，如果写书只是给自己看，就很少有人去写了，毕竟著书并不是件容易的事，既然下了功夫，就希望得有所偿，倒不是为获得钱财，而是盼着有人能看

---

[1] 普林尼（23—79），古罗马作家、博物家，以《自然史》一书闻名后世。

到、读到自己的作品,如果书中真写出点东西来,希望能有人赞赏。正如图利乌斯[1]说的:"荣誉兴艺术。"

谁会认为冲在最前面的士兵就最厌倦生命呢?绝非如此,而是正因为渴望获得赞扬,他才会赴汤蹈火。在文学艺术上,也是如此。一个教士讲道讲得精彩,虽说他志在拯救人们的灵魂,但你们去问问他,当有人对他说"神父大人,您讲得真是妙极了"的时候,他会不会不欢欣鼓舞?某位武士比武时差得要命,却把战袍给了一个无赖,只因为那人赞扬他的矛用得好,倘若果真如此,他还不知道要高兴成什么样呢!

这是人之常情,老实说,我也不能免俗。这个微不足道的小故事,我写得粗陋,但如果那些从中读出了点儿乐趣的人,得到了消遣,并且能够看出一个人命运如此坎坷、历经如此多的艰辛和逆境仍能苟活于世,那我也定然喜不自胜。

我恳求大人接受这份微薄的献礼,若不是力不从心,我准会写得更加妙趣横生。既然您来信让我把这段

---

[1] 图利乌斯,即西塞罗(前106—前43),其全名为马库斯·图利乌斯·西塞罗,古罗马政治家、哲学家。

故事向您详细讲述，我认为自然不能从半截说起，须得从头道来，才能让您对在下有一个全面的了解，也能让那些世袭了贵族身份的权贵想想，他们何德何能，不过是命运偏待他们罢了，而那些受命运苛待的人，凭借自己的力量和智慧，拼尽全力，才得以安然抵达港口，远比那些王公贵族付出的艰辛多得多。

第一章 拉撒路[1]自述身世，
及其父母是何许人

大人容禀，人们都叫我托尔梅斯河的拉撒路，我是托梅·冈萨雷斯和安东娜·佩雷斯的儿子，他们是萨拉曼卡省特哈雷斯村人。我在托尔梅斯河上出生，由此得了这个外号。事情是这样的：我的父亲——愿上帝宽恕他的亡灵——当时在那条河边的一座水磨坊里负责磨面粉，他在那里已经当了十五年的磨坊工；一天晚上，我的母亲在磨坊里，肚子里正怀着我，突然要分娩，于是就在那里生下了我。所以我说自己出生在那条河上实在是千真万确。

我八岁那年，有人控告我的父亲在他们送来磨面粉的粮食口袋上划口子揩油，于是我的父亲被抓走了，他供认不讳，吃了正义的苦头。我希望我父亲现在已经蒙

---

[1] 杨绛先生的译法暗含了"拉撒路"的典故，非常精妙，故在小说题目中保留了先生的译法，而文中均采用"拉撒路"的译法。

上帝恩典享受了光荣,因为他是《福音》中所说的那种有福的人。当时正在招兵打摩尔人,我父亲就跟了去(因为我刚才提到的灾祸,他那时已经遭到流放),给一位前去打仗的骑士当骡夫。他是个忠心的仆人,和主人一道丢了性命。

我的寡妇妈妈,没了丈夫,无依无靠,决心要依傍有钱人,好让自己富裕起来。她来到城里,租了一间小房子,给几个学生做饭,还给马格达莱娜教区骑士团团长的马夫洗衣服,于是就经常到马房里去。

她和一个管牲口的渐渐熟识。这个人有时会来我们家,第二天早上才走。还有些时候,他白天上门,说是要买鸡蛋,便走进屋来。他初来我家时,我见他又黑又丑,对他又讨厌又害怕。可是,我看到他每次一来,我们的伙食就改善了,慢慢便喜欢他了,因为他总是带些面包或几块肉来,冬天还带柴火来给我们取暖。

他总在我家留宿,和我妈妈来来往往,结果我妈给我添了一个很漂亮的小黑人弟弟。我常常颠着他玩儿,让他在我怀里取暖。记得有一天,我那黑人后爹正想逗小家伙玩,那孩子看我和我妈妈的皮肤都是白的,而我后爹则不同,吓得逃开他,躲到我妈妈身边,指着他说:

"妈妈,妖怪!"

我后爹笑着回答:

"这婊子养的!"

我那时还是小孩子,可听到我弟弟的话,心里暗想:"看不见自己,倒嫌弃别人,这样的人世上不知有多少呢!"

算是命里该着,这个萨义德——这是他的名字——同我妈妈来往的事传到了总管耳朵里。查究一番,发现喂马的大麦一半都让他偷去了,麸子、木柴、马梳、擦马布、马衣、马披也缺了不少;没有东西可偷时,他连马蹄上的铁都撬了下来。他把所有这些东西都拿来给我妈妈,好养大我那个弟弟。一个可怜的奴隶都能为了爱情干出这种事来,就难怪教士和修士了,前者搜刮穷人,后者则从修道院里揩油,都是为了供养他们的女信徒,抚养他们的私生子,对此我们也就不必大惊小怪了。

上面的这些罪状被一一核实,而且还不只这些。因为他们盘问我时吓唬我,而我当时还是个孩子,一害怕就把知道的统统说了出来,连我妈妈让我把几块马蹄铁卖给铁匠的事都抖搂出来了。

第一章　拉撒路自述身世，及其父母是何许人

我那个可怜的后爹挨了鞭子，还受了油刑，我妈妈也依照法律受了惩罚，除按律打一百鞭子之外，再不得踏入那个骑士团团长的家门，也不准收留遍体鳞伤的萨义德。

为了不致"丢了桶，再把打水的绳子搭进去"，我可怜的妈妈咬了咬牙，服从了判决。为了躲开风险，避人口舌，她便到索拉纳客栈去当用人，伺候住在那里的客人。在那里，她忍受了千般烦扰，终于把我弟弟养到了会走路的年纪，把我也拉扯大了，我已经能帮客人们打酒买蜡烛了，还能做一些他们吩咐的其他杂活儿。

这时，来了一个瞎子在客栈住下。他觉得我能给他领路，便向我妈妈要我。我妈把我托付给他，并对他说我是好人的儿子，我爹是为了宣扬正教，在赫尔维斯战役[1]中牺牲了性命，她说她相信上帝会保佑我，长大了不会比我爹差，请求瞎子善待我，看在我是个孤儿的分

---

[1] 历史上被称为"赫尔维斯战役"的征战一共有三次，分别发生在1510年、1520年和1560年。大部分西班牙学者，如阿尔贝托·布莱瓜（1941—2020）等，普遍认为《小癞子》中提到的"赫尔维斯战役"指的是第一场，即发生于1510年7月至10月的"赫尔维斯战役"。在西班牙天主教双王执政时期，西班牙人觊觎北非的战略地位，1510年7月，在佩德罗·纳瓦罗的带领下，出征摩尔人统治的赫尔维斯，即今突尼斯的杰尔巴岛。因为酷暑和缺水，再加上当地人的猛烈反击，西班牙人大败，死伤数千人。

儿上好好照看我。瞎子一口答应,说他不会把我当成用人,而是会当成儿子。就这样,我开始侍奉这位上了年纪的新主人,给他领路。

我们在萨拉曼卡待了几天,我主人嫌进账太少,决定离开那里。动身前,我去看了我母亲,两人对哭一场,她祝福了我,并对我说:

"孩子,我知道以后再也见不到你了。你要做个好人,愿上帝指引你。我养大了你,把你托付给一个好主人,你以后要靠自己了。"

于是,我回到了主人那里,他已经在等我了。

我们出了萨拉曼卡城,来到大桥前,桥头有一只石兽,形似公牛。瞎子让我走近石兽,我站到那里后,他对我说:

"拉撒路,把耳朵贴到那头石牛上,你就能听见他身体里的巨大响声。"

我信以为真,把耳朵凑了上去。他感觉到我的脑袋已经贴近石头时,就使足了劲儿一推,使得我一头撞在了该死的石牛上,磕得我疼了三天都没好。他对我说:

"傻子,你学着点儿吧,给瞎子当领路人,得比魔鬼还机灵。"

他因为捉弄了我，笑了半天。

我想就是在那一刻，我从孩子的懵懂中清醒过来，心里暗想："他说的是实话，我得睁大眼睛，警醒着点儿，因为我孤身一人，得留心自己照顾自己。"

我们上路了。没几天工夫，他就把黑话全都教给了我。他看我挺机灵，十分高兴，对我说：

"金子、银子我给不了你，但谋生的诀窍我能教你很多。"

此话确实不假，除了上帝，我能有命活着就全靠他了，他虽然眼瞎，却给我照了亮，指引了谋生之道。

我乐此不疲地跟您讲这些琐事，是想让您瞧瞧，出身低贱的人懂得上进是多么高尚，而出身高贵的人自甘堕落又是多么可耻。

言归正传，还是来讲讲我那好心的瞎子主人和他的那些事吧。我须得告诉您，自从上帝创造世界以来，没有哪个人比得上他的狡猾和精明。干他那一行的人里，他绝对是鹤立鸡群：他会背诵一百多段经文，而且声音浑厚，不紧不慢，十分洪亮，祈祷时能够响彻整座教堂，他一脸谦卑恭敬，神情得体，不像别人那样表情做作，挤眉弄眼。

此外，他还有千百种捞钱的招数和伎俩。他说自己会念各式各样的经文：针对女人不能生育的，女人即将临盆的，嫁得不如意的，要讨丈夫欢心的，不一而足。他还能预言孕妇怀的是男是女。论起医术，他说盖伦[1]还不及他一半，牙痛、昏厥、妇女病他都能治。总而言之，谁跟他说有什么病痛，他都能马上回答说：

"如此这般，煎这种草，服那种根。"

凭借这些，所有人都追着他，特别是女人，他说什么，她们信什么。他依靠着我说的这些本事，从她们身上捞到很多好处，他一个月赚的比一百个瞎子一年赚的都多。

但是我得禀告您，虽然他赚到那么多钱，但我从未见过比他更贪心、更吝啬的人。他差点儿饿死我，给我的吃的还不够半饱。实话实说：要不是我凭着聪明机智，自己找补，早就饿死好几回了。尽管他老奸巨猾，我总能有办法揩他的油，最多最好的一份儿往往或者说很多时候都是我占了去。为了填饱肚子，我常常恶狠狠地捉

---

[1] 盖伦（129—约201），古罗马医师、哲学家，被认为是古典时期医学造诣最为全面的医师之一。

弄他，尽管也不是每次都得手，我且挑其中几桩讲讲。

他总是把面包和其他所有东西都装在一只麻布袋子里，袋子口拴着铁环，用锁和钥匙扣好。每次往里装东西或往外掏东西时，都防备得那么严密，数得那么清楚，谁也别想拿走他一粒面包渣。而他给我的那点袖珍口粮，我不到两口就打发了。他上了锁后，就松心了，以为我在注意别的东西。我就把口袋一侧的接缝儿拆开几针——那条缝儿我可是拆开又缝上了无数次——给那只贪婪的口袋"放血"，拿出来的可不是一小片面包，而是大块面包、炸肉条和香肠。就这样，我趁机就重新判罚一下，不过不是在玩球方面[1]，而是对那个可恶的瞎子亏欠我的补偿。

我把所有偷来的钱都换成半文的小钱，人家求他祈祷时，给的都是一文的钱，而他眼睛看不见，于是，钱还没递过来，我就扔进了嘴里，用半文钱取而代之，不管他的手伸得有多快，钱从我这一过，就减了一半的价值。倒霉的瞎子用手一摸，就知道不是一文钱，冲我抱怨道：

---

[1] 此处原文中用了一语双关的修辞，使用中世纪球类比赛术语，来指代对错误的重新裁决。

"怎么见了鬼了？自从你跟着我，人们就只给半文钱了，以前都是给一文的，常常还会给两文一枚的大钱[1]呢。定是你害我走了背运。"

他也索性缩减了祈祷文，一半都念不到就草草了事，因为他吩咐我，只要请他念经的人一走，就拽他的衣角。我照做了。他便转而又像往常那样高声叫着：

"有谁求念什么经文吗？"

我们吃饭的时候，他总是把一小壶酒放在身边，我常常飞快地抓过酒壶，默默地亲吻几口，又放回原处。但好景不长，他喝的时候发现酒少了，为了保住自己的酒，他从此不再放开酒壶，总是紧紧地把住壶把儿。我就专门截来一段长长的麦秆儿，伸进酒壶口，把里面的葡萄酒喝个精光，磁石也没有我这般吸力。但那个老贼狡猾得很，我想他一定是有所察觉，从此以后换了喝法，把酒壶夹在两腿之间，用手捂住壶口，这样一来就能喝个踏实了。

可我已经喝上了瘾，为酒去死也心甘情愿，眼看麦秆儿那招儿不再管用，便又心生一计。我在酒壶的底儿

---

[1] 大钱，音译为"马拉维迪"，西班牙古代钱币。

上凿了个小洞,又小心翼翼地用薄薄的一层蜡封上。吃饭的时候,我装作很冷的样子,钻到那个倒霉瞎子的两腿之间,好借着我们那可怜的一小堆火取暖。被火一烤,那层薄薄的蜡便化了,酒就从那泉眼一滴一滴地流进我的嘴里来,我把嘴对得那么准,连一滴也没有浪费。待到那个倒霉鬼要喝的时候,酒壶已经空了。他大惊失色,咬牙切齿,又咒骂起酒壶和酒来,弄不清究竟是怎么回事。

"大叔,您不会说是我喝了您的酒吧,"我说,"您可一直也没有松手啊。"

他把酒壶翻过来调过去地摸了又摸,最后发现了那个小洞,识破了我的伎俩,却装作什么都没有看出来。

之后有一天,我又像往常那样让那酒壶漏出酒来,却没有想到大祸临头,我不知道瞎子已经发现了我,照旧坐到他的两腿中间。正当我仰着脸,接着那甜美的佳酿,眯着眼睛品着其中的香醇,狠心的瞎子觉得报复我的时机已到,双手举起那甜美而又苦涩的酒壶,使足了力气,朝我的嘴砸来。正如我说的,他用上了自己全身的力气,可怜我拉撒路毫无防备,正像往日一样放心地享受呢,瞬时间当真以为天塌了下来,连同天上所有的东西都砸在了我的脸上。

这一下可真狠，砸得我不省人事，失去了知觉，酒壶的碎片扎进了肉里，把我的脸割破了好几处，还砸掉了我几颗牙，至今我还缺着那几颗牙。

从那儿以后，我就开始恨那个恶毒的瞎子，虽然他又来哄我、讨好我，给我治伤，但我看得出来，他对自己实施的那次残忍的惩罚十分得意。他用葡萄酒给我清洗酒壶碎片割破的伤口，笑眯眯地说：

"拉撒路啊，伤你的东西也能医治你，你说是不是？"

他还说了些别的俏皮话，可我听了完全不是味儿。

我脸上青一块紫一块的伤才好了一半，心里便思忖着，再被这个恶毒的瞎子砸不了几回，我准会送了性命，于是便想摆脱他。不过我没有马上这样做，为的是确保万无一失。我本想定下心来，原谅他用酒壶砸我的事，可他从那天起就总是虐待我，无缘无故就伤害我，打我的头，扯我的头发，让我实在忍无可忍。

如果有人问他为何这样苛待我，他就马上搬出酒壶的事，说：

"您以为我这伙计是个老实孩子吗？可是您听听，

连魔鬼也想不出这样的花招吧?"

人们听他这么一说,都画着十字说:

"谁能想到这么小一个孩子能坏成这样啊!"

他们想着我的把戏笑了又笑,对他说:

"好好惩戒他,好好惩戒他,上帝会奖赏你的。"

听了这样的话,他就更是理所应当地折磨我了。

而我便领他走那些最难走的路,成心害他,让他吃苦头。哪儿有石头,我就领他走哪儿;哪儿有泥泞,我就领他走泥泞最深的地方。虽然我自己走的也不是什么干的地方,但只要能让那个瞎子的双眼永不见天日,我就是搭上自己的一只眼睛,也心甘情愿。为此,他总是用拐棍的把儿戳我的后脑勺,戳得我脑后都是大疙瘩,头发也被他揪光了。虽然我发誓说我没有使坏,而是确实没有好路可走,他却从来不听,也不信我,那老贼实在太精明。

为了让您看看这个狡猾的瞎子何等精明,我把跟他许多次斗智斗勇的趣事拿一件出来讲讲,就足以让您看出他的狡猾。那时,我们出了萨拉曼卡城,准备到托莱多的辖境去,因为他说那里的人最富有,尽管不怎么乐善好施。他还引了一句俗语:"吝啬鬼给的总比穷鬼多。"一路上,我们只挑富庶的地方走。哪儿受到款待,赚钱又多,我们就在哪儿停留;否则,待到第三天,我们拔腿就走。

话说我们来到了一个叫阿尔莫罗斯[1]的地方,正值收获葡萄的季节,一个收葡萄的施舍给他一串葡萄。因为装葡萄的筐向来都是掂来扔去的,也因为那个时节葡萄已经熟透,那串葡萄拿在手上直掉粒。要是放进他的袋子里,准会变成葡萄浆,沾上它的东西也都得遭殃。他决定美餐一顿,因为带不走,也为了哄我高兴,毕竟那天他已经用膝盖顶了我好几回,还打了我好几次。我们在一段土墙上坐下来,他说:

"现在我要让你享受一下我的慷慨啦,我们俩一起吃这串葡萄,我吃多少,你就吃多少。咱们这样分:你吃一次,我吃一次,但你要向我保证每次只吃一颗,我也同样如此,直到咱们全都吃光。这样一来,谁也不骗谁。"

这样商定后,我们就开吃了。可刚吃到第二轮,这个狡猾的家伙就改了主意,开始两颗两颗地吃,因为他

---

[1] 阿尔莫罗斯,西班牙城市,属于托莱多省。

觉得我肯定是这么干的。我见他违背了约定,不甘心与他并驾齐驱,而是想更进一步:先是两颗两颗,然后三颗三颗,最后想吃几颗就几颗。一串葡萄吃完了,他手里拿着葡萄梗,摇着头说:

"拉撒路,你骗我了。我敢对上帝发誓,你一定是三颗三颗地吃的。"

"我没有呀,"我说,"不过,您为什么会有这样的怀疑呢?"

精明透顶的瞎子回答道:

"你知道我是怎么看出你三颗三颗地吃的吗?因为我两颗两颗地吃,而你没有说话。"

听了他的话,我没有作声。就这样,我们来到了埃斯卡洛纳[1]的一处拱廊下,那时,我们正在这座城中,住在一个鞋匠家。廊下有很多麻绳和针茅编的东西,有几根碰到了我主人的脑袋。他伸出手去,摸了摸,知道了是什么之后,对我说:

"快点走,孩子,咱们赶紧从这邪恶的吃食中走出

---

[1] 埃斯卡洛纳,西班牙城市,属于托莱多省。

去，因为你还没吃它，就要被它勒死了[1]。"

我本来并没有留意那些东西，又仔细看了看，除了麻绳和马肚带什么也没看到，根本没有什么可吃的东西，就对他说：

"大叔，您为什么这样说啊？"

他回答道：

"小侄子，别出声。你这么聪明，以后就会懂啦，到时你就会明白我说的是真的。"

于是，我们穿过拱廊，来到了一家客栈。客栈的门上装饰着许多兽角，是供脚夫们拴牲口用的。瞎子摸过去，想看看是不是他每日帮念禁欲咒[2]的那个女店主家，结果却抓到了一只兽角，随即长叹一声道：

"唉，罪恶的东西，你比你的外表还要害人！有多

---

[1] 瞎子此话暗指西班牙语俗语"颈上绑着麻绳"的出处，相传卡洛斯一世（同时也是神圣罗马帝国皇帝查理五世）统治时，对其治下佛兰德斯的起义者进行了非常残酷的惩罚，绞死了许多人，即便是那些没有被处死的百姓，也被迫要在自己的脖子上绑上麻绳，请求皇帝的原谅。"颈上绑着麻绳"的典故由此而来，意为处于极大的危险或困境之中。
[2] 禁欲咒，原文直译为墙缝禁闭咒，墙缝禁闭指中世纪很多虔诚妇女自己把自己禁闭在两面墙夹缝的狭小空间里，以求得上帝垂爱的做法，这样的做法后被天主教教廷禁止。

少人想把你的名字加在别人头上！又有多少人怕拥有你甚至不想听到你的名字啊！"[1]

我听到这里，问：

"您说的这又是什么意思呢？"

"小侄子，你别说话，说不定有一天，我手里攥着的这个东西能给你一碗粗饭吃呢。"

"我才不会吃这个呢，"我回答说，"它又怎么会给我饭吃。"

"我跟你说的是实话，你不信，就等着看，如果你能活到那时候的话。"

我们上前几步，走到了客栈门口。鉴于我在那里的经历，真愿上帝开恩，从未让我们到过那个地方。

他的祈祷大多是念给女店主、酒馆老板娘、卖杏仁糖的女人以及风尘女子，或是诸如此类的女人的，我几乎从没看见过他给男人念经。[2]

---

[1] 瞎子此言指的是西班牙语俗语，"给人头上戴角"，意思类似中文的"给人戴绿帽子"。
[2] 以上楷体部分与上下文有脱节之嫌，一些版本将之去掉，另一些版本则保留了这部分内容，如1554年出版的阿尔卡拉版本（La edición de Alcalá）。

我暗自笑了，虽然我还是个孩子，却也看得出瞎子很是机智。

我和我的这一位主人之间还有许多有趣的事，但为了避免啰唆，我就不多说了，只讲一讲我和他最后是怎么分道扬镳的。

当时，我们正在埃斯卡洛纳公爵的属地埃斯卡洛纳城中，在一家客栈里落脚，他把一段香肠递给我，让我给他烤烤。香肠烤出了油，他用油涂了几块面包，吞下了肚，又从袋子里掏出一枚大钱，叫我去酒馆给他打葡萄酒来喝。俗话说得好，机会造就小偷，恰恰此时魔鬼把机会摆在了我眼前。炉火旁放着一根又细又长、干干瘪瘪的萝卜，大概是因为不配下锅，被扔在那里的。那时又恰好除了他和我，没有别人在。香肠那诱人的香味儿笼罩着我，馋得我要命，尽管我知道自己只有闻闻的份儿，但为了满足愿望，我把害怕抛在了脑后，根本顾不得后果，就在瞎子掏钱时，我取下了香肠，飞快地将刚才说到的那根萝卜插到了烤叉上。我的主人把打酒的钱递给我后，就又拿起了烤叉，在火上转来转去，想要烤熟那根之前压根无人问津的破萝卜。去买酒的路上，我迫不及待地吞下了香肠。回来时，看见那个倒霉的瞎子正用两片面包夹着那根萝卜,他没有用手摸过,所以还不知道是萝卜。他把面包送到嘴边,张口咬下去,满以为吃到的是香肠,不料却硬生生咬到了冷冰冰的萝卜。他脸色一变,说道:

"拉撒路,这是怎么回事?"

"我可真是倒霉!您是不是又要赖上我呀?我不是打酒刚回来吗?准是刚才有人在这儿,为了捉弄您才这样做的。"

"不会的,绝对不会,"他说,"烤叉我就没离过手,根本不可能。"

我一再赌咒发誓,说调包的事与我无关,可完全不管用,那该死的瞎子太狡猾,什么都瞒不过他。他跳起来,揪着我的脑袋,凑过来闻我。他定是像只好猎狗似的,嗅到了气味。为了查个究竟,再加上正火冒三丈,他用两只手抓着我,狠命把我的嘴巴掰开,毫无顾忌地把鼻子伸了进去。他的鼻子又长又尖,暴躁之下仿佛又长出来一拃,鼻子尖一直戳到了我的喉咙口。

他这样一来,再加上我怕得要命,那段不幸的香肠又没在我的胃里待安稳,最主要的是,他那个超级长的鼻子带来的惊悚,差点儿把我憋死,所有这些加在一起，使得我把干过的好事、吃下的美味一股脑儿抖搂出来，也算物归原主了。可恶的瞎子还没有来得及把长鼻子抽回去，我的胃里一阵翻滚，把赃物直接喷在了他的鼻子上，使得他的鼻子连同那段没有嚼烂的倒霉香肠一起从我的嘴里冲了出来。

全能的上帝啊！我真希望那一刻我已经死掉被埋在土里了！恶毒的瞎子恼羞成怒，要不是有人闻声赶来，我猜他定会要了我的命。众人把我从他的手中解救出来，我那本就不多的头发被他揪下满满的两把攥在手中，脸被挠花了，喉头和脖子也被抓伤了。脖子和喉头是罪有应得，都是因为它们馋得要死，才让我遭了这么多罪。

可恶的瞎子一遍又一遍地跟在场的所有人数落我的过错，酒壶的事、葡萄的事，还有眼前的这桩。众人哄然大笑，引得所有路过的人都来凑热闹。瞎子把我干的好事讲得那样生动风趣，尽管我刚刚遭过毒打，还在掉眼泪，却也觉得不笑都不够公道。

就在这时，我忽然觉得自己刚才太胆小、太窝囊，咒骂自己当时为什么没有把他的鼻子咬下来，那可是个千载难逢的好机会，事情已经成功了一半，我只需要上下牙齿一合，他的鼻子就是我的了。既然是那个坏蛋的鼻子,也许我的胃会看守得紧一些,不像对香肠那样宽松,那么只要鼻子和香肠都不出来,盘问我时我就可以矢口否认。我真希望当时上帝就是让我那么干的,原本就应该是那样的啊。女店主和在场的人劝说我们言归于好,又用我本来打给他喝的葡萄酒给我清洗了脸和脖子上的伤,恶瞎子又借机调侃道:

"说真的,这小子一年之中洗掉的酒比我两年喝的还多。至少可以这么说吧,拉撒路,你欠酒的比欠你爹的还多,他只是生了你一次,而酒却让你死而复生一千次了。"

接着,他就讲起怎么一次又一次地打破我的脑袋,抓破我的脸,又用酒把我治好了。

"我跟你说吧,"他说,"如果说这世上有谁得了酒的福,那就是你啦。"

给我洗伤口的那些人哈哈大笑,而我则暗暗咒骂。不过瞎子的预言果然不假,从那之后,我无数次想起了他,他肯定是具备先知的禀赋,如今我甚至为自己捉弄了他那么多次而愧疚,虽说我也付出了很多代价,因为我觉得他那天跟我说的都应验了,您接着听我讲就明白了。

瞎子这样待我,还恶毒地取笑我,我便下定决心离开他。我早就这样想过,而且打定了主意,受了他此番的戏弄，我的心意更加坚决。这之后的第二天，我们到城里寻求施舍。前一天夜里下了大雨，天亮后也没有停，我们便走在拱廊下沿途祈祷。眼见天色渐渐晚了，雨还没有停，瞎子便对我说：

"拉撒路，这场雨真是没完没了，而且天越是黑，雨越是大。咱们赶紧找个客栈投宿吧。"

要到客栈去，得过一条小河，因为雨大，河水涨了不少。我对他说：

"大叔，河水涨宽了许多，可如果您愿意，我知道从哪儿过去更容易，不会弄湿我们，那儿的水窄，一跳就过去，脚都不会湿。"

他觉得这个主意不错，便说：

"你真是机灵，就冲这点我就喜欢你。带我去水窄的地方吧，现在是冬天，着水的滋味不好受，要是脚湿了就更难受啦。"

我见一切都正合我意，便把他从拱廊下领出来，带到了广场的一根石柱子跟前，那里有很多这样的柱子，是用来支撑房屋凸出来的部分的。我对他说：

"大叔，这儿就是河水最窄的地方了。"

当时，雨下得正大，这个倒霉鬼全身都湿了，急于

第一章 拉撒路自述身世，及其父母是何许人

躲开正浇在我们头顶上的大雨，最主要的是，为了让我报仇雪恨，上帝一时遮住了他的心智，让他相信了我。他说：

"你帮我对准了，然后你先跳过去。"

我帮他正正地对准了柱子，然后自己一跃，跳到了柱子后面，就像等着公牛冲过来那样，对他说：

"到您啦！您有多大劲儿使多大劲儿，就能跳过来了！"

我话音刚落，可怜的瞎子像公羊似的扑过来，他使足了全身的劲儿，为了跳得远，他甚至在跳之前还后退了一步。他一头撞在了柱子上，就像撞到了一个大南瓜上似的，发出咚的一声巨响。随即，他向后倒去，摔了个半死，脑袋开了花。

"怎么，您能闻出香肠的味儿，就闻不出柱子来？您好好闻闻，闻闻吧。"我对他说。

我把他丢给了许多前来救他的人，一溜烟跑到了城门口，不到天黑，我已经在托里霍斯[1]城中了。我不知道上帝后来是怎么安排他的，我也顾不得去打听。

---

[1] 托里霍斯，西班牙城市，属于托莱多省。

第二章　拉撒路如何跟了一个教士做随从，以及跟他经历的种种事情

翌日，我觉得待在那里不够安全，又来到了一个叫作马凯达[1]的地方，在那儿我罪有应得地碰到了一个教士。我向他求施舍，他问我会不会在弥撒中辅祭。我回答说会，这也是实话，因为那个罪恶的瞎子虽然虐待我，但也教了我千百样有用的本事，辅祭便是其中之一。于是，教士就收下我做他的仆人。

谁料我才出狼窝，又入虎穴，因为尽管我曾说瞎子是贪吝的典范，但跟这个教士比起来，简直就是慷慨的亚历山大大帝。我就不多说了，总之这教士集世间的吝啬于一身，我不知是他天生如此，还是拜这身教士的道袍所赐。

他有一只旧箱子，上面上了锁，钥匙系在他教士披风的腰带上。他每从教堂领了教徒供奉的面包，便立

---

[1] 马凯达，西班牙城市，属于托莱多省。

第二章 拉撒路如何跟了一个教士做随从,以及跟他经历的种种事情

即亲手放进箱子,又重新锁好。整个家中没有一点儿吃的东西,不像别人的家里,常会在烟囱上挂块腌肉,案子上放些干酪,柜橱的篮子里装着吃剩下的几块面包。在我看来,这些东西即使无福享用,也总能让我解解眼馋。

他家只有一挂葱头,锁在屋顶的一间小屋里。我的口粮是每四天一只葱头。每次我向他要钥匙去取葱头时,若有人在场,他便会把手伸进胸前的口袋里,十分不情愿地解下钥匙交给我,说:

"拿去,赶快还回来,别吃得太撑啊。"

就好像全巴伦西亚的美味佳肴都锁在那里似的,而事实上,就像我说过的,那里不过有几只葱头挂在一根钉子上罢了,哪有其他什么东西。就连那几只葱头他都数得一清二楚,我要是敢胡作非为超出了份额,他也绝不会轻饶的。总之,我简直要饿死了。

他对我没有半点仁慈,对他自己却十分宽厚。他每天午饭和晚饭都要吃五文钱的肉。的确,他是和我分享了肉汤,但肉呢,我只能干瞪眼,连点边儿都沾不着,只能得到一丁点儿面包,上帝啊,我只求他能让我吃个半饱啊!

每逢星期六，这地方的人都要吃羊头。他差我去买一个回来，一个羊头要三个大钱。他把羊头煮熟了，吃掉眼睛、舌头、后脖子、脑子，还有上下颌骨上的肉，然后，把啃过的骨头全部给我，而且给我装在盘子里，说：

"拿去，吃吧，你得胜了，整个世界都是你的了。你的日子比教皇过得还好呢！"

"但愿上帝也让你过过这种日子！"我心里说。

跟了他三个星期后，我瘦得不成人形，饿得连站都站不稳了。要是上帝和我的机智还不帮我，我眼看真的要进坟墓了。我没有机会用上自己那些小伎俩，因为根本没有东西可以下手，即使有点什么，我也没法像蒙骗之前的主人那样蒙骗他。愿上帝宽恕之前的主人（如果他就那样一头撞死了的话），他虽狡猾，到底缺了宝贵的双眼，怎么也看不见我；而另外这位呢，没有谁比他眼睛更尖了。

弥撒中捐献的时候，每一文掉在捐献盘中的钱，他都数得一清二楚：他的一只眼睛盯着捐献的人，另一只眼睛盯着我的双手。那对眼珠子像水银似的在眼眶里骨碌碌地转，盘里有多少钱，他都有数。捐献一结束，他便立刻把盘子从我手上拿走，放到祭台上。

我跟他过活，或者更应该说跟他等死以来，从未从他那里拿到过一文钱。我也从没到酒馆去给他打过一文钱的酒，他把教友捐献的那一丁点儿葡萄酒锁在那只箱子里，省着喝，竟然能够喝上一整星期。

为了掩饰自己的吝啬，他对我说：

"听着，孩子，教士在饮食上必须非常节制，正因为如此，我不像别人那样大吃大喝。"

可这个吝啬鬼显然是在说瞎话，因为每次在教友聚会或是给办丧事的人家念经时，只要别人出钱，他便吃起来像只饿狼，喝起酒来比巫医还凶[1]。

说到丧事，愿上帝宽恕我，我这辈子只有那段时间与人类成了仇敌。因为这样的时候我们能吃得好，而且吃得饱。我简直是盼望，甚至祈祷上帝每天都能让他的子民死掉一个。我们在给病人行圣事的时候，特别是在临终傅油的时候，教士让在场的人祈祷，我绝对不会掉队的，我全心全意地祈祷上帝，但不是像通常人们祈求

---

[1] 西方古时巫医依靠吹气或唾液给人治病，常用酒润嘴，所以相传酒量很大。

的那样，求病人能够听凭上帝旨意的安排，而是求上帝把病人从这个尘世带走。

每当有人能够死里逃生——上帝饶恕我——我总是千百遍地诅咒他下地狱；而那些最终死去的人，我则千百遍地祝福他。毕竟，我跟着教士的这段时间，想来约莫六个月，总共死了二十个人，我简直觉得是我杀死了他们，或者说，他们是应我的祷告而死的；毕竟，上帝看着我长久生活在濒临死亡的惨境中，我想，他是乐意了断这些人的性命而救我一命的。可是，那时我所遭受的痛苦，是无药可救的。如果说有葬礼的日子，我还可以过活，没有死人的日子，我转过头来还得挨饿，而肚子已经饱惯了，饿起来就更加难受。因此，除非死掉，否则永无宁日，而我也确实盼望过自己死掉，就像盼着其他那些人死掉一样，可就是不见死神的到来，尽管它的阴影始终附在我身上。

我屡次想离开这个吝啬的主人，却因为两件事放弃了：一是因为我信不过自己这两条腿，长期挨饿，瘦弱得不得了；二是我时常思忖，我有过两个主人，第一个把我饿得要死，我离开他，遇见了现在这个，饿得我一只脚已经踏进了坟墓，我若是离开这个，再碰见一

第二章 拉撒路如何跟了一个教士做随从,以及跟他经历的种种事情

个更糟的,不死掉,还等什么?想到这里,我便不敢轻举妄动了,因为我深信台阶必然是越走越低,再往下一步,拉撒路必定一命呜呼,以后世间再也听不到他的声音了。

我忍受着这种折磨,我祈求上帝让所有虔诚的基督徒都免受此等痛苦。就在我看着自己每况愈下却无计可施的时候,有一天,我那可恶而悭吝的主人出门了,一个锅匠意外地出现在门前,我坚信在那身锅匠衣服之下,一定是上帝为我派来的一位天使。他问我有没有什么东西要修补。

"你倒是可以把我好好修补一下,不过要想修补我,你可有活儿要干了。"我低声嘟囔道,他却没有听见。

不过,那会儿可不是贫嘴的时候,我定是受了圣神的启示,对他说:

"大叔,这个箱子的一把钥匙被我弄丢了,我真怕主人会拿鞭子抽我。求您好心看看,您带的那些钥匙里有没有一把合适的,我一定不会亏待您。"

那位天使锅匠便拿过他带着的那一大串钥匙,一把一把地试起来。我则用我那有气无力的祷告为他帮忙。没想到,忽然间,我在箱子里那一块块面包之中,看到

了上帝的脸，就像人们常说的那样[1]。箱子彻底打开了，我对他说：

"我没有钱付给您，您就从这里面拿些东西作为配钥匙的酬劳吧。"

他从那些面包中挑了一块最好的，然后把钥匙递给我，高高兴兴地走了，而我更是欢天喜地。

然而，我当时却什么都没有碰，以免被看出来丢了东西，更何况我已经成为这许多宝贝的主人，饥饿也不敢来找我了。我那鄙吝主人回来后，蒙上帝意愿，他竟然没有发现祭奠亡灵的面包已经被天使拿走了。

第二天，他刚一出门，我便打开了我的面包"伊甸园"，捧起一个面包就啃起来，两段《信经》的工夫，我就让它消失得无影无踪了，吃完后，还没忘把打开的箱子锁好。我开始欢欢喜喜地打扫屋子，心里想着，有了这个办法，苦难的生活从此便斩草除根了。那一天以及接下来的一天，靠着这个法子，我都过得十分惬意。可我就是无福过安生日子，因为刚到第三天，就像间日疟一样，我的霉运又来了。我突然看见那个把我饿得要

---

[1] 据传统，人们捡起地上的面包时，常常会称之为"上帝的脸"。

第二章 拉撒路如何跟了一个教士做随从，以及跟他经历的种种事情

死的家伙正趴在我们的箱子上，翻过来调过去，一遍又一遍地数着那些面包。我佯装不知，心里却暗自虔诚祷告："圣约翰[1]啊，瞎了他的眼吧。"

他掰着手指，按天数算计着，数了半天，最后说道：

"要不是这箱子锁得好好的，我准会说有人偷拿了我的面包。不过，从今日起，为了免得怀疑，我得记清楚了：这里面的面包还剩九个整，外加一大块儿。"

"但愿上帝让你倒九次霉！"我心里说。

他的话就像猎人的箭一般射穿了我的心，眼看要重新过起之前斋戒的日子，我的胃又开始因为饥饿而抓挠着我。他出了门，而我呢，为了安慰自己，打开了箱子，看着面包，崇敬瞻仰，却不敢领受[2]。我数了一遍，巴望那个吝啬鬼数错了，却发现他数得比我料想的还要准确。我唯一能做的就是千万遍地亲吻那些面包，又从那块零散的面包的边缘上小心翼翼地抠下一点碎渣来，就靠着这点东西，我熬过了那一天，再不像之前那样快活。

可是，饥饿有增无减，再加上之前那两三日，我的

---

[1] 圣约翰通常被视作仆人的保护神。
[2] 此处几个动词均用的是宗教中常用词，作者有意将之与基督徒领受圣体进行类比。

胃已经习惯了多填些面包，就更加饿得要死。只要一个人在家，就无心做其他事情，只把那箱子开了又关，关了又开，凝视着小孩子口中那"上帝的脸"。而上帝一向眷顾受苦之人，见我这样窘迫，便给我的脑海送来一个小小的补偿之计，我暗自思忖，自言自语道："这只箱子又旧又大，好几处已经破损了，虽然只是几个小洞，但老鼠钻进去，啃了面包，也非难以想象之事。拿走一整块确实不妥，那个害我挨饿的人会看出面包少了。但这个法子却是说得过去的。"

于是，我开始就着家中几块破旧的祭台布，搓起面包屑来。我搓完了一块，又换另一块，从三四个面包上，搓下了一些碎屑。之后，就像人们吃糖豆那样，把面包屑吃个精光，心里稍稍有了些安慰。我的主人回来吃饭时，刚一打开箱子，就发现面包一片狼藉，无疑他相信是老鼠所为，因为面包被搓成的那个样子确实像极了老鼠啃的。他把箱子上上下下看了一遍，找到了几个窟窿，怀疑老鼠就是从那里钻进去的。他把我叫过来，对我说：

"拉撒路，你看看，快来看看吧，咱们的面包昨晚遭殃啦！"

我故作惊讶，问他是怎么回事。

第二章 拉撒路如何跟了一个教士做随从,以及跟他经历的种种事情

"还能是怎么回事啊?"他说,"老鼠呗,老鼠什么都不会放过的。"

我们坐下来吃饭,真是上帝保佑,这件事竟然让我又沾了光:我比平时那点可怜的口粮得到了更多的面包,因为他用一把刀子刮下了他认为被老鼠咬过的地方,说道:

"你把这些吃了吧,老鼠可是干净的东西。"

于是,我靠着双手的劳动,或者更应该说靠着我指甲的劳动,增加了自己的口粮,我们就这样吃完了饭,其实我不过刚刚开始吃便结束了。

接着,另一件事情又让我大吃一惊,因为我眼看着他急急忙忙地从墙上撬起一个个钉子,又找来一些木片儿,把它们钉了上去,竟把那只破箱子的窟窿全都补上了。

"我的上帝啊,"我当即叹道,"人自打一出生,得遭受多少苦难和坎坷啊!我们辛苦一辈子,欢乐又是多么短暂啊!我才刚以为,靠着这点可怜的法子,我的疾苦可以有所缓解,正当我不胜欣喜,以为时来运转之时,厄运却来作梗,提醒了我那吝啬的主人,让他变得出奇地勤快(的确,吝啬鬼大多都勤快得很),如今,

他补上了箱子的窟窿，堵上了我的慰藉之门，却打开了艰辛之门。"

就在我哀叹的时候，我那勤劳的木匠主人，用了那么多钉子和木片儿，完成了他的活计，说道：

"狡诈的老鼠先生们，你们最好打消你们的主意，因为在这个家里你们可捞不到任何好处。"

他出了门，我便去看他的杰作，发现那只可怜的旧箱子真的一个窟窿都没有留下，连只蚊子都飞不进去。我用自己那把失去效用的钥匙打开了箱子，不过已经没有任何揩油的希望。我看着那两三个已经吃开头的面包，就是我主人以为被老鼠咬过的那几个，不由还是从上面剥下一些渣滓来，动作轻巧，就像老练的击剑手似的。肚子之需是最好的老师，而我的需求又总是那么迫切，日夜都在想着活命的法子。我想，大概饥饿启迪了我，才让我想出这许多鬼鬼祟祟的伎俩来，因为常言说得好，饥肠辘辘使人机敏，吃饱喝足使人愚钝。这话在我这里正好适用。

一天夜里，我睡不着觉，正琢磨着办法，盘算着如何利用这只箱子，就发现我的主人已经睡熟，只听见他鼾声如雷，发出了他睡觉时一贯的巨大呼吸声。我轻轻

第二章 拉撒路如何跟了一个教士做随从,以及跟他经历的种种事情

起身,白天我早已想好该如何下手,而且将家里的一把旧刀子放在了便于找到的地方,于是,我向那只可怜的箱子走过去,朝着我事先看好的最薄弱的地方,像使钻头似的用刀子钻了下去。那只古老的箱子已经使了太多年头,木头酥软,而且被虫蛀过,根本不堪一击,随即便臣服于我,任由我在一侧钻出一个救命的窟窿来。大功告成后,我悄无声息地打开带着伤疤的箱子,摸索到那个已经切开头的面包,照前面说过的样儿,弄下一些面包屑来。就这样算是有了些慰藉,我又锁上箱子,回到自己那堆干草中,躺下睡了会儿。我睡得很不安稳,心里埋怨是没有吃饱的缘故。想必是这样,因为那个时候我怎么样也不会为法国国王的烦恼[1]而失眠的啊。

第二天,我的主人发现了面包的"浩劫",也发现了我钻的那个窟窿,开始诅咒老鼠,又说道:

"这究竟是怎么回事?我以前从没在这屋子里看见过老鼠,怎么现在就出来了呢!"

---

[1] 此处影射的是法国国王弗朗索瓦一世(1494—1547),与当时的神圣罗马帝国皇帝查理五世是宿敌,曾四次发动反对查理五世的战争。最著名的一次惨败是1525年,法军在帕维亚战役大败,弗朗索瓦一世被俘,被押送到马德里后,被迫签订了马德里条约,才得以释放。

这倒算是实话,因为举国上下,若说有哪家能够幸免,那一定就是他家了,因为老鼠从不会住在没有东西吃的地方。他又转头从屋子里、墙壁上寻来钉子和木片儿,把窟窿给堵上了。到了夜里,他一睡觉,我便立即起身,拿着我的家伙,把他白天堵上的那些窟窿,一个个又重新钻开。

就这样,我们俩一前一后乐此不疲,正应了那句老话:"一扇门关上了,另一扇门却打开了。"总之,我们就像珀涅罗珀[1]织布似的,他白天织,我晚上拆。不过几个日夜,我们便把那只可怜的食物箱子折腾得不成样子,上面布满了大大小小的钉子,谁见了都得说那不像一只箱子,倒像古代的铠甲。

他见自己的修补无济于事,便说:

"这箱子已经破得不成样儿了,木头又旧又糟,什么老鼠也防不住了。到了这种地步,我们要是继续用它,就什么都保不住了。不过,更糟糕的是,虽然它不

---

[1] 珀涅罗珀,《荷马史诗》中奥德修斯的妻子,在丈夫远征特洛伊失踪后,忠贞地等待丈夫归来,为了拒绝众多求婚者的纠缠,声称等她为公公织完做寿衣的织布后就会嫁给他们中的一个,其实却白天织布,晚上又把织好的布匹拆掉。

第二章　拉撒路如何跟了一个教士做随从，以及跟他经历的种种事情

中用，没了它还不行，买只新的我还得花三四个雷亚尔[1]。之前的法子都不管用，我看最好的办法是我在箱子里设下机关，逮住这些可恶的老鼠。"

他当即借来了捕鼠笼子，从邻居那里要了些干酪的硬皮放在机关上，然后把笼子安放在箱子里。这对我来说绝对是个特殊照顾，因为虽说我吃东西不需要什么调味汁，但能从老鼠笼子里弄下一些干酪皮吃还是挺让人高兴的，就算这样，我也没放过面包，照旧像老鼠一样啃下一层。

我的主人看到面包被啃了，干酪被吃了，偷吃的老鼠却没有逮到，暴跳如雷，他问邻居为何干酪皮被从捕鼠笼子里叼走吃了，而且笼子的机关也落下来了，却没有一只老鼠被逮住。

邻居们都认为不是老鼠在作怪，因为至少会有一两只老鼠落入圈套。一个邻居对他说：

"我记得您屋里曾经有一条蛇，肯定是这家伙搞的鬼。这样就能说得通了，蛇的身子长，钻进去叼住食饵后，虽然机关已经落下，但因为它的身子没有完全进

---

[1] 雷亚尔，西班牙旧时银币。

去，还能退出来。"

大家都觉得那人的话有道理。我的主人很不安，自此睡觉便不像往常那样安稳了，夜里即便是听到虫蛀木头的声音，他也会以为是蛇在咬他的箱子，于是，立即爬起来，抄起一根大木棍——自从他听了邻居们的话，便把那根木棍放到床头——朝那只罪恶的木箱狠命打下去，想把蛇吓跑。巨大的动静把邻居们都惊醒了，我也没法好好睡觉。他还走到我的这堆稻草跟前，把我和草堆都翻腾一遍，他觉得蛇可能爬到我这里，藏在稻草和我的衣服里，因为人们跟他说夜里这种动物会找地方取暖，有时会爬到小婴儿的摇篮里，甚至咬伤他们。

大多时候我都会装睡，早上他便对我说：

"孩子，你晚上没有听见什么吗？我晚上在抓蛇，我甚至觉得它跑到了你的铺上，因为它们的身体冰冷，要找地方取暖。"

"上帝保佑，它们可千万别咬我，"我说，"我最怕蛇了。"

他这么警觉，睡梦之中会随时爬起来，我敢保证，那条蛇（或者应该说那条小蛇）绝不敢半夜来咬箱子，甚至不敢靠近它。而白天呢，他去了教堂或者城中什么

第二章　拉撒路如何跟了一个教士做随从，以及跟他经历的种种事情

地方，我便出动啦。他看到损失惨重，而自己又无计可施，就像我刚才讲的，半夜便又像幽灵似的出来游荡。

他如此不知疲倦，我怕自己藏在稻草底下的钥匙被他发现，觉得晚上还是放在嘴里比较妥当。自从跟过那瞎子，我的嘴就成了口袋，里面可以塞下十二或者十五块大钱，而且都是半文半文的，还不会妨碍我吃饭，因为要不是这样，我一文钱也剩不下，都会被那个该死的瞎子搜了去，他常常在我身上搜查，连一道缝、一个补丁也不放过。

于是，每晚我都会把钥匙藏在嘴里，睡觉时不必担心被我那个巫师般的主人发现。可是厄运该来的时候，怎么提防也是徒劳。我的命运，或者说我的罪恶该着，一天晚上，我正睡着，钥匙含在嘴里，大概是我的嘴张开了，张得那样地恰到好处，正好让我呼出的气息从孔中吹出去，钥匙本就是个空心的管子，于是厄运降临，让吹哨子似的声音那样地响，我那一惊一乍的主人一下子就听见了，坚信是蛇发出的咝咝声，想必也确实挺像。

他悄悄起身，手拿棍子，寻着声音摸索到我这边来，蹑手蹑脚地，生怕惊动了蛇。走到我身边，他以为蛇就藏在我睡觉的稻草中，借我取暖。他以为对准了

蛇，想一棍子打死它，高高举起了棍子，使尽全身力气，朝我的头猛地打过来，把我打得失去了知觉，头破血流。

我挨了那恶毒的一棍子，一定是发出了巨大的声响，他才知道打到的是我，据他说，他凑到我身旁，使劲儿叫我，想把我唤醒。可他用手一摸，摸到我哗哗流血，才知道把我打伤了。于是赶紧去取火来照，只见我疼得正在哼哼，嘴里还含着钥匙，即便这个时候也没有把它吐出来，而是一半露在外面，保持着刚才吹哨的样子。

这位弑蛇者很是惊讶，不知钥匙是怎么回事，便从我嘴里整个取出来看，发现和他那把钥匙的棱角一模一样，就完全明白了。他当即拿过去试，证实了我的花招。那个狠毒的猎人定是这样说的："跟我捣乱、偷我东西的老鼠啊、蛇啊，我可算找到了。"

接下来那三天发生的事情我完全无法证实，因为那三天我是在鲸鱼肚子里度过的[1]。上面我讲的这些，都是我清醒后听我的主人说的，那时候不管谁来，他都惟

---

[1] 此典故来自《圣经·旧约》中的《约拿书》。约拿航海时，上帝曾安排一条大鱼吞掉他，使得他在鱼腹中待了三日三夜。

第二章　拉撒路如何跟了一个教士做随从，以及跟他经历的种种事情

妙惟肖地讲上一遍。

三天后，我恢复了知觉，看见自己躺在稻草上，头上敷满了膏药，全是油脂和软膏，吓得忙问：

"这是怎么回事啊？"

那个残忍的教士回答我说：

"我敢肯定地说，那些祸害我的老鼠啊、蛇啊，都被我逮到了。"

我看了看自己，发现伤痕累累，便猜出自己遭到的灾祸了。

这时，走进来一个靠巫术治病的老太婆，还有几个邻居，他们开始揭开我头上的布条，给我治伤。他们见我恢复了知觉，十分高兴，说道：

"感谢上帝，他醒过来了，没事了。"

接着，他们又聊起了我的遭遇，一边说一边笑起来，而我这个罪人呢，则痛哭起来。虽然如此，他们也给了我一些吃的，我当时正饿得要命，那点东西还不够吃个半饱。就这样过了半个月，渐渐地，我才能站起身来，算是脱离了危险（虽然没有脱离饥饿），好了大半。

我站起来的第二天，我的主人就拖着我的手，把我赶出了门，撵到大街上，对我说：

"拉撒路，从今往后，你走你的路，与我不相干了。你另寻主人，任由上帝安排吧，我可不需要这么勤快的仆人。没别的可能，你以前的主人准是个瞎子。"

他对着我连画十字，就好像我身上附着魔鬼似的，接着转身回屋去，关上了大门。

第三章　拉撒路投靠了一位侍从，
　　　　及其跟随他时的遭遇

　　就这样，我只好强撑起精神，靠着好心人的帮助，慢慢地来到了这座名城托莱多。在这里，蒙上帝眷顾，半个月后我的伤口终于愈合了。我伤着的时候，倒总能得到一些施舍，而好了之后，所有人都对我说：

　　"你这个泼皮叫花子，快去，去找个好主人干活儿吧。"

　　"好主人到哪儿去找呢？"我心里说，"除非像上帝造世界似的，现给我造一个才行呀。"

　　我挨家挨户地乞讨，费尽了力气，得到的却甚少，因为"慈悲"已经升到天上去了[1]。就在这时，上帝让我碰上了一位从那里经过的贵族侍从，穿着得体，头发也梳得整齐，走起路来不紧不慢。他看了看我，我也看

---

[1] 此处典出希腊神话，传说正义女神阿斯特赖亚是居住在人间的最后一位神，但人类作恶，由黄金时代进入青铜时代，宙斯便把阿斯特赖亚召回到天上去了。

了看他,他问我道:

"小伙子,你在找主人?"

我回答说:

"是的,先生。"

"那就跟我来吧,"他说,"你定是得了上帝的保佑,才能遇上我。想必你今天祈祷得很虔诚。"

听了他的话,又看着他的衣着和言行举止,我觉得这正是自己所需要的主人。于是,我便跟在他身后,百般感谢上帝。

我是早上遇见我这第三位主人的,他带着我走了大半个城,我们路过了卖面包和各种吃食的广场。我当时想,甚至是希望,他会买了东西让我扛回去,因为那时正是采买吃食的时候,可是他却大步流星地走了过去。

"也许这儿的东西他看着不中意,"我心里说,"要带我到别处去买。"

就这样,我们一直走到了钟敲响十一点。这时,他走进大教堂,我跟在他身后也走进去。我看着他虔诚地听弥撒,参与各种圣事,直到弥撒完毕,众人都走了,我们才离开教堂。我们迈着大步顺着一条下行的街道走下去。瞧他并不忙着置办饭食,我说不出的喜悦,想着

第三章　拉撒路投靠了一位侍从，及其跟随他时的遭遇

我这位新主人家里的吃食想必都是成批购买的，我急切要吃进嘴的饭菜都已经准备好了。

此时已过正午，一点的钟声已经敲过。我们来到了一座房子跟前，我的主人站稳了脚步，我也跟着停了下来。他把披风下摆向左边一抖，从袖子里掏出一把钥匙，开了门，我们走了进去。门洞里漆黑阴森，仿佛要吓退走进来的人，尽管里面的小院和房间还算说得过去。

我们进去后，他脱下披风，问我的手是否干净，然后我们一起抖掉披风上的尘土，把它叠了起来。他又把那里的一条石凳吹干净了，将披风放在上面。做完这些，他挨着披风坐下来，细细地问我从哪里来，又如何到了这座城市。我哪里想多说，因为我觉得这会儿正是摆桌子上饭的时候，而不是问话的时候。尽管如此，我还是竭尽所能地编了编自己的身世，拣好的讲出来，其余的自认为难登大雅之堂，便一概不提。问过话后，他依旧在那里待着，我顿时觉出不妙，已经两点钟了，他还像死人一样，丝毫没有要吃饭的意思。之后，我察觉到大门已经上了锁，整座房子里也听不见活人上下走动的声音。我的目光所到之处只有墙壁，连张椅子，或者木墩，又或是长凳或者桌子都没有，就连我先前主人的

那种箱子也没有。总而言之,这座房子就像是着了魔似的。就在这时,他问我道:

"孩子,你吃过饭了吗?"

"没有呢,先生,"我说,"遇到大人您的时候,还没到八点钟呢。"

"哦,虽然那时尚早,我已经吃过午饭了。你要知道,我只要吃点东西,就能一直待到晚上了。所以,你自己去找点事情干吧,吃晚饭还早呢。"

大人您可以料想,我一听这话,差点儿晕倒,不仅是因为饿,更是因为我彻头彻尾地意识到命运在和我作对。一时间,过去的遭遇重新浮现在我眼前,我再次为自己的艰辛默默痛哭流涕。一时间,我又想起了当初打算离开教士时的顾虑,那时我就曾想过,这个主人尽管吝啬刻薄,可说不准还会遇到一个更遭的呢。总之,我当即哀叹起自己曾经的苦难和即将来临的厄运来。尽管如此,我还是尽可能地装出若无其事的样子,对他说:

"先生,虽然我年岁小,但上帝保佑,我并不贪吃。这一点,我绝对可以夸口,在同龄的孩子里,我的胃口最为秀气,我侍奉过的几位主人至今还对我的这个优点赞不绝口呢。"

"这真是美德啊,"他说,"我为此就更加爱你了,因为只有猪才会暴饮暴食,体面的人吃东西向来是有节制的。"

"我太明白您说的话啦!"我心里想,"我的这几位主人怎么都把挨饿当成良药和美德呢,真是见鬼!"

我往门廊边上一坐,从怀中取出乞讨时存下的几块面包来。他看见了,便对我说:

"过来,孩子。你吃的是什么?"

我走到他跟前,把面包给他看了。他从三块面包中,拿起最大最好的一块,对我说:

"我的天呐,这面包看上去真是不错。"

"尤其是现在,"我说,"确实是不错。"

"是啊,的确如此。"他说,"你从哪儿得来的?揉面的手是否干净?"

"这我不知道,"我说,"可这面包的味儿我闻着不恶心。"

"感谢上帝。"我那可怜的主人说。

他把面包送到嘴边,狼吞虎咽地吃起来,我则大口地啃起另外一块来。

"上帝啊,"他说,"这面包果然香极了。"

我看准了他的毛病，便赶紧吃，因为我料定如果他先吃完，定会来帮我解决剩下的面包。就这样，我们俩几乎是一起吃完的。于是，我的主人用手掸落了掉在胸前的零零星星的面包渣，走进旁边的一间小屋子里，取出一只豁了口的旧罐子，自己先喝了，又请我喝。我故意做出有节制的样子，说：

"先生，我不喝酒。"

"这是水，"他答道，"你尽可以喝。"

于是，我接过罐子，喝了几口，并不多，因为我苦的并不是口渴。

他又问了我一些问题，我尽可能地一一回答了，我们俩就这样一直聊到了天黑。这时，他把我叫到放水罐子的那间小屋，对我说：

"孩子，你站在那儿，看好了怎么铺床，以后你就会铺了。"

我站在一头，他站在另一头，一起铺好了那张黑乎乎的床。其实，根本没有什么可铺的，因为不过是几条长凳上搭上一张苇箔，上面是一条褥子，再铺上一件衣服，褥子因为久未清洗，已经看不出模样，虽然还在当褥子用，但里面的羊毛少得不能再少。我们抻平了褥子，竭力想把它拍得软些，可根本办不到，硬的怎么也软不了。那见鬼的褥子里面没什么东西，铺到苇箔上，苇秆一根根显露出来，活像皮包骨头的瘦猪的脊梁。在那条前心贴后背的褥子上面，还有条同样货色的毯子，颜色我简直说不准。

铺好床，天已经黑了，他对我说：

"拉撒路，天已经晚了，这儿离市场远着呢。而且，这座城里盗贼很多，一到晚上，就出来抢路人的披风。我们先凑合过一宿，明天天亮，上帝自然会垂怜我们。我孤身一人，家里不备吃食，向来都是在外面吃的。不过现如今咱们得另做打算了。"

"先生，"我说，"您一点不必为我操心，别说一个晚上，必要的时候，几个晚上不吃饭，我都过得去。"

"你定会越活越健壮的，"他回应我说，"咱们刚才不是说过吗，这世上没有什么比吃得少更能使人活得长的了。"

"如果真是这样，"我心里说，"那我就长生不死了。我一直以来都被迫恪守这条戒律，而且不幸的是，我恐怕这辈子都得遵从下去。"

他上床睡下，用裤子和上衣当作枕头，叫我睡在他的脚边，我照做了。可这一宿睡得我苦不堪言，因为苇秆和我那嶙峋的骨头整晚打得不可开交，毕竟我常年辛苦劳作，伤痛不断，忍饥挨饿，全身的肉加在一起也没有一磅，再加上那天几乎没吃什么东西，饿得要命，饥饿和睡眠向来都没什么交情。我大半宿都在心里千万遍地诅咒自己——愿上帝饶恕我——诅咒我那不幸的命运，而且最糟糕的是，我连身都不敢翻，怕惊动主人，只好反复求上帝让我死掉。

天亮后，我们起了床。主人把自己的裤子、上衣、外套和披风一一抖干净。而我呢，只得一丝不苟地小心伺候。他从容自若地穿好衣服。我给他倒水洗手，他梳好头，一边把剑挂在腰带上，一边对我说：

"哦，孩子，你还不知道我这把佩剑吧！任你拿世界上最大块的金子来，我也不换。安东尼奥[1]铸了那么多宝剑，没有一把能比得上我这把剑的钢好。"

他把剑从剑鞘中抽出来，用手指抚摸着，说：

"你来瞧瞧，我敢保证，一缕羊毛一碰就断。"

我心里暗道："就我这牙齿，虽不是钢的，也定能

---

[1] 安东尼奥，15世纪西班牙铸剑名家。

第三章 拉撒路投靠了一位侍从,及其跟随他时的遭遇

一口咬断四磅重的面包。"

他把剑重新插回剑鞘,束好腰带,又系上腰带上挂的一串大念珠。他挺直身子,从容地迈着步子,优雅地晃着脑袋,披风的一角时而甩到肩上,时而夹在胳膊下面,右手插在腰间,朝大门走去,出门前对我说:

"拉撒路,我去听弥撒,你好好看家。你铺好床,再去河边打罐子水回来,从这儿往下走几步就到了,要用钥匙锁好门,别让人家把咱们的东西偷了去,你锁上后把钥匙放到门旮旯儿那里,我若是正好那时回来,也好自己进来。"

他沿着街往上走去,那样一派器宇轩昂的样子,不认识的人还以为是阿尔科斯伯爵[1]的近亲呢,或者至少也得是伯爵的贴身侍从。

"神圣的上帝啊,"我出神地想,"你给了世人什么样的疾病,就给了什么样的药方!谁见了我主人这高兴

---

[1] 阿尔科斯伯爵,原文为 conde de Arcos,据说是当时的一位显贵。但学术界对此尚有争论,因为《小癞子》的几个不同版本在此处是不同的,最早的版本是 conde de Arcos,后来又出现了阿拉尔科斯伯爵(conde de Alarcos),19 世纪的学者又给出了卡洛斯伯爵(conde Claros)的说法。

劲儿,准以为他昨晚吃了丰盛的晚餐,睡在考究的床上呢,尽管现在还早,谁都会以为他已经美美地用过早餐了呢。上帝啊,你的奥秘世人皆不知道呢!他那样一副气度不凡的样子,上衣和披风都穿得那么得体,谁又能不被他蒙骗呢?谁又能想到这个风度翩翩的人昨天一整天都没有吃东西,只吃了他的仆人拉撒路乞讨得来而且在怀里揣了一天一宿的一块面包呢?那怀里肯定是不怎么干净的,而今天洗脸洗手时,因为没有毛巾,我那主人只能用上衣的衣襟来擦,这些有谁能想得到呢?肯定是没人能猜到的。上帝啊,像他这样的人,你在世间播散下多少啊!他们为了那倒霉的所谓的面子愿意吃苦受罪,而为了你却不愿意。"

我就这样待在门口,一面看着我的主人,一面想着这许许多多的事情,直到他消失在那条又长又窄的街道尽头。我看见他拐了弯,便回到屋里,一段《信经》的工夫,我已经把整个屋子上上下下转了一遍,结果一无所获,什么都没有找到。我把那张黑乎乎的硬床铺好,拿了水罐,自己找到了河边,在那里我看到我的主人正在一片菜园中同两个戴面纱的女人调情,看上去是那种常去河边的女人,这样的女人为数不少,常常会在夏天

第三章 拉撒路投靠了一位侍从,及其跟随他时的遭遇

清晨去凉爽的河边乘凉,却不带任何的吃食,认定那里不缺请她们吃饭的人,全是因为当地的绅士给她们养成了这个习惯。

正如我说的,我的主人在她们中间俨然一个马西亚斯[1],说出来的甜言蜜语比奥维德[2]写的还多。她们觉得他已经动情,便厚着脸皮要他请吃饭,许诺会以约定俗成的方式回报他。

可他呢,满腔热情,钱袋却冰凉,这样一冷一热让他的脸上失去了颜色,支吾其词,搪塞推托。而她们呢,一准儿是行家,看出了他的病根,就撇下他走了。

我呢,那时吃了些卷心菜帮子,算是用过早餐了,因为还是新用人,便没让主人看见,就急忙赶回家去。我本想打扫一下屋子,因为那屋子确实是需要打扫一番的,可我却没有找到家伙。我寻思了一会儿干什么才好,最后觉得还是等主人中午回来再说,要是他回来,说不定会带些吃的,我们可以吃上一顿,可是我的愿望落了空。

---

[1] 马西亚斯(约1340—1370),14世纪诗人,因为爱上贵族夫人,而被称为"坠入爱河者",其故事受到多位诗人青睐,写入作品中。
[2] 奥维德(前43—17),古罗马诗人,代表作有《变形记》《爱的艺术》等。

我见两点钟他还没有回来，自己的肚子实在饿得慌，便锁上门，把钥匙放在他吩咐的地方，又干起了我的老本行。我专挑那些觉得自己是大门大户的人家，装着低沉痛苦的声音，双手放在胸前，两眼望着天，口中叨念着上帝的名，挨家地乞讨面包。我像是自打吃奶时起就学会了这一行似的，我是说，我得到了瞎子的真传，学会了这一行，而且青出于蓝而胜于蓝，所以尽管这地方的人没什么善心，年景又不好，可凭借着我的手段，还不到四点钟，我就已经有四磅面包落肚，另有两磅收入袖笼和怀中。我转身回住处，路过杂碎店的时候，我向店里的一个女人讨要，她给了我一块牛蹄，还有一些煮熟的肠子、肚子。

我到家时，我那位好主人已经在家里了。他已叠好披风，放在石凳上，正在院子里走来走去。他见我进门，便朝我走过来。我以为他要责怪我回来晚了，但感谢上帝另有安排。他问我从哪里来。我说：

"先生，我在这儿等到两点钟，见大人您没回来，便到街上去找好心人照应，您看，他们就给了我这些东西。"

我给他看自己用衣角兜着的面包和肠子、肚子，他

第三章 拉撒路投靠了一位侍从，及其跟随他时的遭遇

见到这些脸上放光，说道：

"好吧，我等你吃饭，见你没有回来，就先吃了。你这样做可见你是个正派人，宁肯依靠上帝求施舍，也不去偷盗。但愿上帝也能眷顾我，我觉得你做得很好，只是我得嘱咐你不要让别人知道你跟我住在一起，因为这事关乎我的名誉。不过我深信这件事也不会有人知道，因为这地方认识我的人很少。我真不该到这里来啊！"

"先生，这个您放心。"我对他说，"我敢保证不会有人来问我，我也不会对任何人说。"

"好吧，可怜的人，现在吃吧。要是上帝怜悯，很快我们就不用发愁了。我跟你说，自从住进这座房子，我就没过过一天好日子。可能是这儿的风水不好，要知道，有的房子晦气、不吉利，谁住进来就会厄运缠身。这房子无疑就属于这类。不过我跟你保证，过了这个月，我就不住这儿了，就算把房子送我，我也不待了。"

我在石凳的一头坐下，为了不让他觉得我贪吃，便没提自己已经点补过了。我捧着肠子、肚子和面包当作晚饭，大嚼起来，同时偷偷看着我那位可怜的主人。他的双眼始终就没有离开过我的衣襟，因为这衣襟此时正

被我当作盘子呢。我同情他,但愿上帝也如此同情我,因为我能体会他心里的滋味,那滋味是我尝惯了的,而且每天都会经历。我心中思量着是否应该恭敬地邀请他一起吃,但他之前说他吃过饭了,只怕他不肯接受我的好意。无论如何,我还是希望这个可怜的人借助我的力救救他自己的难,能够像前一天那样吃些东西,毕竟这天的时机不错,不仅饭菜好,而且我又不算太饿。

上帝成全了我的心愿,我想那更是他的心愿,因为我刚一开吃,他就踱步凑到我身边,对我说:

"我跟你说啊,拉撒路,我这辈子从没见过谁有你这样好的吃相,看了你吃东西的样子,没有胃口的,也有胃口了。"

"你可有的是胃口呢,"我心里说,"才会叫你觉得我的吃相好。"

尽管如此,我还是觉得该帮他一把,毕竟他是自己在找台阶下。于是,我对他说:

"好工具成就好手艺。这面包香极了,这牛蹄子火候好,而且入味儿,谁闻了都想吃。"

"这是牛蹄子?"

"是的,先生。"

第三章 拉撒路投靠了一位侍从,及其跟随他时的遭遇

"我告诉你,这是世界上最好的吃食,我觉得山鸡都比不上它。"

"那你就尝尝吧,先生,看看味道怎么样?"

我把一块牛蹄和三四块最白的面包放到他手上。他在我身边坐下,津津有味地吃起来,把每一块小骨头都啃上一遍,比猎兔狗啃得都干净。

"要是再加上点奶酪蒜油,"他说,"就是独一无二的美味啦。"

"你现在的调味汁才是更好呢!"[1]我低声说。

"上帝啊,我吃得真香啊,就像今天一点儿东西没吃过似的。"

"这一点我倒是绝对相信。但愿我对自己今后的运气也能如此相信。"我心里说。

他向我要水罐,我把之前打回来的水递给他。水一丁点儿都没少,可见我的主人一口东西都没吃。我们喝了水,就像头天晚上那样心满意足地去睡觉了。

长话短说,我们就这样过了八天又或者十天,我那

---

[1] 苏格拉底曾说,饥饿是最好的调味汁。塞万提斯在《堂吉诃德》中也写过类似的话。

可怜的主人每天早晨都洋洋自得地迈着阔步到街上去品味空气,却靠着可怜的拉撒路弄来吃喝。

我常常思量自己的厄运,我从一个又一个刻薄的主人那里逃出来,想着找个更好的,却碰到了这样一个不但不能养活我,还得靠我养活的主儿。不管怎样,我很爱戴他,因为我知道他什么也没有,没法给我更多,我对他的同情多于敌意。很多时候,我为了能带回住处点吃的让他充饥,自己只好忍饥挨饿。一天早上,这个可怜人穿着衬衣起了床,上楼去解决他必须解决的事儿,趁这工夫,我为了弄个明白,把他放在床头的上衣和裤子的口袋翻了个底朝天,找到一只皱皱巴巴的丝绒钱袋,里面一个子儿也没有,而且看来根本就没什么不空的时候。

"这人是真穷,"我想,"一无所有,自然也没什么能给别人;不像那个贪心刻薄的瞎子和那个缺德的吝啬教士,上帝待他们不薄,一个靠吻手行礼过活,一个凭夸夸其谈吃饭,两人却把我饿得要死,所以,对那两人自然不必有仁爱,而对这个却要怜悯同情。"

上帝为我做证,时至今日,只要我碰到像他那副打扮、那样气势的人,都会抱以怜悯,心里想着或许这人

第三章 拉撒路投靠了一位侍从,及其跟随他时的遭遇

也受着同样的罪呢。正因我刚才说的这些,尽管他穷得要命,但比起其他主人,我更心甘情愿地服侍他。我只对他有一点不满,那就是盼着他别这样装腔作势,日子已经过得捉襟见肘,少摆点架子才好。可是,据我看,他们那种人有个颠扑不破的规矩:哪怕身上分文没有,也得装得衣冠楚楚、有模有样。愿上帝挽救他们,这毛病到死都改不了。

这就是我当时过的日子,可厄运还是不肯满足,不愿放过我,连那样艰辛卑微的生活也不能长久。那年当地麦子歉收,市政府决定,将所有外乡的乞丐驱逐出城,并且发出通告,从今往后外乡的乞丐再敢进城,抓住就得吃鞭子。四天后,法令开始执行,我亲眼看见一队乞丐被拖到四条大街上受了鞭刑。我被吓坏了,再也不敢违抗法令出去讨饭。

真不知谁能想见我们家中那副惨状,我们俩清心寡欲、沉默寡言,两三天竟然没吃一口东西,没说一句话。几个纺织女工救了我一命,她们是做四角帽的,住在我家旁边,我跟她们有过往来,互相认识。她们从自己挣来的那一丁点儿吃的里挤出一口给我,我就靠着这点东西勉强撑着。

我对自己的同情却超不过对我那主人的同情，他八天没吃一口东西，至少家里是没有一点儿东西可吃。我不知道他究竟是怎么过的，去了哪里，吃了些什么。我只看见他每天中午从街上走回来，身子挺得长长的，比纯种猎兔犬还要细长。为了那倒霉的所谓"体面"，他从家中本就不多的麦秸中抽出一根，站在门口剔着根本没有什么可剔的牙，抱怨着宅子的风水，说道：

"看着就晦气，都是这房子带来的霉运。你看看，漆黑、阴郁、幽暗。咱们住在这儿一天，就得受一天罪。我就盼着这个月快点过去，好赶紧搬走呢。"

就在我们正吃苦挨饿的当口，一天，不知道走了什么运，我那可怜的主人竟然得了一个雷亚尔，他拿回家时那副神气样儿，仿佛得到了整个威尼斯的财富，他笑眯眯、美滋滋地递给我，说：

"拿去，拉撒路，上帝对咱们张开手啦。你快到市场上去买些面包、葡萄酒，还有肉，得让魔鬼看得眼珠子都迸出来！我还要告诉你件事，好叫你高兴高兴：我已经租了另一处房子，这座破房子我们就待到月末为止。我诅咒这倒霉的房子，诅咒那个给它加上第一片瓦的人。我真是厄运缠身才住进了这里。只有上帝知道，

第三章 拉撒路投靠了一位侍从，及其跟随他时的遭遇

自从我住到这里，一滴酒一口肉不曾吃过，也没有得到片刻安宁，不过这也不稀奇，瞧这一幅黑暗凄凉的景象！你快去快回，好让咱们今天像伯爵一样大吃一顿。"

我拿了钱和酒壶，脚底生风，满心欢喜地沿着街道往上向市场走去。可我有什么可欢喜的呢？我命里注定受苦，我的喜悦没有一次不与忧愁相伴。这次也毫无例外，我正在街上走着，盘算着该如何把这钱花得恰当实惠，同时无数次地感谢上帝让我主人变成了有钱人，就在这当口，迎面几个教士和一群人抬着一个死人走了过来。我赶紧贴到墙根上给他们让路。抬尸体的担架旁边走着一位身穿丧服的妇人，想必是死者的遗孀，另有几位妇人陪在她身边。那位遗孀一边走一边哀号道：

"我的夫君，我的当家人啊，他们这是把你抬到哪里去啊？定是要抬到那座凄凉晦气的房子里去啊，那里阴森恐怖，没吃没喝啊！"

我一听这话，只觉得天都塌下来了，脱口而出：

"我怎么这样命苦啊，他们这是要把死人抬到我家去啊！"

我赶忙半路折回，穿过人群，一路向下奔回家去。一进家，我便飞快地关上大门，连忙呼救，一把抱住主

人,求他来帮忙守住家门。我主人以为出了什么事,有点不知所措,问我道:

"孩子,出什么事啦?为何大呼小叫?你这是怎么了?为何发疯似的关上大门啊?"

"哎呀,先生,"我说,"您快来帮忙,他们把死人抬到这儿来了。"

"他们怎么会把死人抬到这儿呢?"他问。

"我顺着街往上走,碰见了那个死人,他的老婆说:'我的夫君,我的当家人啊,他们这是把你抬到哪里去啊?定是要抬到那座凄凉晦气的房子里去啊,那里阴森恐怖,没吃没喝啊!'那就是这里啊,主人,他们要把他抬到咱们这儿来了。"

听到这里,尽管没有什么可笑的,我的主人却笑得前仰后合,好一会儿连话都说不出来。那时我已经上好门闩,为确保万无一失,还用肩膀抵住。那群人抬着死人走了过去,我还在担心他们会把死人抬进我家。我那好主人虽然没有吃得酣畅淋漓,却着实笑了个畅快,对我说:

"拉撒路啊,照那妇人所说,你想的确也算合情合理。不过,上帝自有更好的安排,他们已经走远啦。你

第三章　拉撒路投靠了一位侍从，及其跟随他时的遭遇

开门吧，开了门去买些吃食回来。"

"先生，且先等他们走出这条街再说。"

最后，我主人只好自己走过来，开了大门，见我害怕成那副样子，只得强扭着打发我重又走到街上去。那天尽管我们吃得不错，我却食之无味。过了三天，我的面色才恢复正常。而我的主人呢，每每想起我那天的忧虑，都要捧腹大笑。

就这样，我跟着我的第三位主人，这个穷侍从，度过了些日子。自打第一天我遇见他起，就瞧出他与当地人并不熟识，也没有什么来往，料想他是个外乡人，因而一直想知道他为何会来到此地。

最终，我得偿所愿，明白了其中的缘由。一天，我们吃得还算不错，他心里痛快，便对我说起了他的家世。他说自己是旧卡斯蒂利亚[1]人，离开故乡不过是因为他不愿向他的骑士邻居脱帽行礼。

"先生，"我对他说，"要是他如您所说是个骑士，而且比您富有，那您不先向他脱帽行礼，就是您的不是

---

[1] 旧卡斯蒂利亚，16世纪前后，人们通常称卡斯蒂利亚王国区域为旧卡斯蒂利亚，托莱多王国区域为"新卡斯蒂利亚"。

了,何况您不是说他也向您脱帽了吗?"

"他确实是个骑士,也确实比我富有,而且也的确向我脱帽行礼了,但是,那么多次都是我先向他行礼,他就不能自律一些吗,哪怕一次抢在我前头摘掉帽子也好呀。"

"先生,"我对他说,"对于这些我就不会去计较,尤其是对于那些身份地位比我高,又比我阔的人。"

"你还是个孩子,"他回答我说,"你不懂什么叫体面,现如今上等人的所有财富也就是体面了。我告诉你,你也看得出,我是个侍从,但我对天发誓,要是我在街上遇到哪个伯爵不向我脱帽行礼,不把帽子完全摘下来好好行礼,下次再遇着他,不等他走近,我就一准躲开,我会假装有事一头钻到别人家里,或者如果有别的路可走,我就拐到别的路上去,为的就是不跟他脱帽行礼。一个绅士,除了向上帝和国王,不会向其他任何人低头。上等人就得重视自己的身份,半点都马虎不得。我记得有一天在我家乡我咒骂了一个手艺人,我甚至还想要跟他动手,因为我每次碰见他,他都会对我说:'愿上帝照拂您。''你这个乡野村夫,'我对他说,'你怎么这么没有教养?愿上帝照拂您,这样的话也是你能对我说的吗？你当我是无名小辈吗？'自此，他再见到我便都脱帽行礼，说话也恰当了。"

"问候别人时说'愿上帝照拂您'难道不是很得体吗？"我问道。

"听着，这绝对是糟糕透顶啊！"他说，"对没有身份地位的人可以这样说，对于我这样有身份的人，就只能说'大人，我亲吻您的手'，或者如果是骑士见到我，至少应该说'先生，我亲吻您的手'。所以，对于家乡那位用一句'照拂'来搪塞我的，我实在是忍无可忍，国王之下，我忍受不了任何人跟我说'愿上帝照拂您'。"

"我的天哪，"我心里说，"难怪上帝没有照拂您呢，因为您根本就不愿意让别人给您求照拂啊。"

"况且，"他又说，"我又不是穷得没有地能盖房，要是我的房子盖起来，好好装潢一番，要是再能挪到距我出生十六里[1]外的地方，挪到巴利亚多利德的康斯坦尼利亚街[2]上，而且要是房子再大点儿再好点儿的话，准能值上二十万枚大钱。我还有一座鸽子屋，要不

---

[1] 此处指西班牙里，是西班牙古时的计量单位，1西班牙里约等于5573米。
[2] 利亚多利德的康斯坦尼利亚街，16世纪西班牙犹太人居住的街区。

是塌了的话，每年能养出二百多只小鸽子来。别的东西我就不说了，我丢下这一切都是因为荣誉。我来到这座城中，本想着能兴家立业，谁承想事与愿违。这儿的受俸牧师和教堂的神职人员倒是不少，但都是些循规蹈矩的人，谁也不能让他们变通一点儿。中等家境的骑士也找过我，但伺候这些人太费劲儿，你得把自己变成万能全才，否则他们就让你卷铺盖走人。而且，工钱总是长期拖欠着，更有甚者，十之八九只管饭食不给工钱。几时他们良心上过意不去，想对我们的汗水表达满意之情，便从衣橱里找件衣服给你，不过是一件满是汗渍的衣衫，破旧的大氅或是袍子。要是几时能跟上一个有爵位的，穷日子就会过去啦。难不成凭我这一身本事还不能伺候得他们满意吗？上帝知道，我要是遇上个这样的人，我敢说我准能成为他的亲信，千般殷勤地把他伺候好。要知道，我也会像别人那样花言巧语，千方百计地哄他欢喜。对于他的风趣以及种种习惯嗜好，我一定会报以微笑，尽管它们谈不上高雅。那些他不乐意听的话，我绝对不会说，尽管可能是逆耳忠言。当着他的面，我说话做事都会勤快麻利；他看不见的事情，我也用不着拼死拼活非要做好。我要在他听得见的场合训斥

第三章　拉撒路投靠了一位侍从，及其跟随他时的遭遇

他的用人，因为那样会显得我对他的事情上心尽力。遇上他责备仆人时，我要落井下石撩拨几句，看似是为犯错者求情，实则煽风点火。凡是他称许的，我定喋喋称赞；凡他不以为然的，我便赤口毒舌，火上浇油。家里我要挑拨离间，家外我要搬弄是非，打探别人家的私事讲给他听。诸如此类的花花肠子还多着呢，现如今高门大宅盛行这一套，主人们也都喜欢。他们不但不愿在自己府里瞧见德行本分的人，甚至厌恶这样的人，看不上他们，称他们傻，没有才干，不能让主人省心。现在机灵的人都用我说的这一套了，换作我，我也会这样行事。只可惜时运不济，我遇不上这样的主人。"

就这样，我的主人又向我吹嘘了一番他如何英雄了得，抱怨了一番自己霉运当头。

我们正说着话，一个男人和一个老太婆走了进来。男人要讨租房子的钱，老太婆要讨租床铺的钱。他们开出账来，我主人两个月欠下的比他自己全年的进项还多。我记得大概得有十二三个雷亚尔。他回答得倒是爽快，说自己要去广场上换个金币，叫他们下午再来。然而，他这一去就没有再回来。

那两个人下午又来了，为时已晚。我对他们说主人

还没有回来。天黑了，主人还是没有回来，我独自在家有些害怕，便到隔壁住的几个女人家里去，跟她们讲了我的遭遇，并在那里借住了一晚。

第二天天亮，债主们又来了，敲了我借宿这家的大门，询问她们的邻居去了何处。女人们回答说：

"他的仆人和大门钥匙都在这儿呢。"

他们又来问我主人到哪里去了。我回答不知道，说主人出门去兑换金币，就再也没有回来，又说我猜想主人可能带着换好的钱丢下我，也丢下他们走掉了。

他们听了我的话，便去找村子里的公差和公证人，带着这两人回来，拿了钥匙，叫上我，又叫了几个见证人，打开了房门，去查抄我主人的财产抵债。他们找遍了整间屋子，却发现空空如也，就像我之前讲的那样。于是，他们问我说：

"你主人的财产呢？他的箱子、墙上的帷幔、家中的细软呢？"

"这我可不知道。"我回答道。

"准是昨晚搬走了，藏在哪里了。公差大人，把这孩子扣下，他知道东西在哪儿。"

公差走了过来，揪住我的衣领，说：

第三章　拉撒路投靠了一位侍从，及其跟随他时的遭遇

"孩子，你要是不说出你主人的财物藏在哪里，就把你抓起来。"

我哪里见过这种架势，虽说揪住衣领这事从前那瞎子也不知干过多少回了，但他动作要轻许多，不过是为了让我给他引路罢了，这回我可真吓坏了，哭着保证说一定有问必答。

"很好，"他们说，"那就把你知道的都说出来，不要害怕。"

公证人在一张石凳上坐下来，问我主人的财产如何，准备列一张清单。

"各位老爷，"我说，"据我这主人说，他有一块上好的地皮，还有一座坍塌了的鸽子屋。"

"很好，"他们说，"虽说不值什么钱，却也够抵债了。那他这些东西在城中的什么地方呢？"

"在他的家乡。"我说。

"上帝保佑，这买卖不错，"他们说，"那他的家乡在哪儿呢？"

"他说他是旧卡斯蒂利亚人。"

公差和公证人哈哈大笑，说道：

"他招供的这些足够顶你们的债了，哪怕再多也够了。"

隔壁的几位女邻居也在场，说道："各位先生，这孩子是无辜的，他跟着这位东家也只有几天，不比诸位知道得多哪儿去。这个可怜孩子常到我们家来，看在上帝的分儿上，我们也就有什么就给他点什么吃，晚上他再回他主人家睡觉。"

见我的确无罪，他们也就把我放了。公差和公证人向那男人和老婆子要酬报，双方竟然争执吵闹起来。一方说他们不应当付钱，因为什么东西也没有讨要到。另一方则说他们是放下了另一件更为要紧的差事前来的。

争吵一番后，最终一位捕快把老太婆的那张旧毯子扛走了，尽管根本也不用费什么力气扛。就这样，五个人一起吵吵闹闹地走了。我不知道事情最后是怎么了结的，想必是那条可怜的毯子为各方抵了账。那毯子也真算物尽其用了，被人租用那么多年，本该到了安享晚年的时候，到头来还得被争来抢去地使唤。

就这样，我的第三位可怜的主人离开了我。我也从中看出我的悲惨命运，事事仿佛都在刻意刁难我，什么事儿到了我这儿都是颠倒的。按说都是主人把仆人赶出家门，可到我这儿倒好，主人把我丢在家里，自己却跑了。

第四章　拉撒路跟了一位圣母慈悲会[1]的修士，及其跟随他时的遭遇

我只好另找了第四位主人，他是圣母慈悲会的修士，是前面我提到的那几位妇人带我去的，她们把那人称作亲人。他看不上教堂里的唱诗班，也反对在修道院里吃饭，一心只喜欢往外跑，专爱经营俗务，四处走访。我猜他走破的鞋比整个修道院的修士穿破的还多。我生平的第一双鞋就是他给的，不过穿了八天就破了。他这样跑来跑去，鞋子吃不消，我也吃不消。因为这个缘故，还有一些不值得提的小事，我离开了他。

---

[1] 圣母慈悲会，创建于 1218 年的天主教修会，以解救被异教军队俘虏的基督徒为使命，特别是为其募捐赎金。

第五章 拉撒路跟了一个兜售免罪符[1]的人，及其跟随他的种种经历

我恰好遇到了第五位主人，是个兜售免罪符的人。他是这世上最厚颜无耻、死皮赖脸的人，我这辈子头一回见，但愿以后永远也不会见到，相信也没有谁见过这样的人。因为他的诡计多端，而且花花肠子层出不穷。

他到哪个地方去推销免罪符，都会首先给当地的教士或神父呈上些小意思，并不是什么贵重值钱的东西，不过是诸如一棵穆尔西亚生菜，几只时令果子，比如几只酸橘或橙子，一只蜜桃，几只小黄桃，一两个绿皮梨子之类。他如此尽心地讨好他们，为的是他们能给他的买卖提供便利，号召信徒去买他的免罪符。他们向他道

---

[1] 中世纪后期，罗马教廷为筹措资金，授权神职人员前往欧洲各地售卖免罪符，又称赎罪券，即一种能够赦免罪罚的证明书。最初，免罪符原本范围是参与十字军者，可以赦免所有的罪罚，后来推及资助十字军东征的人，而后又推广到向教会提供资金支持的人，以此筹集经费兴建教堂、修道院和医院等。

第五章 拉撒路跟了一个兜售免罪符的人,及其跟随他的种种经历

谢时,他会试探他们有几斤几两。如果他们说他们听得懂拉丁语,他为避免出洋相,就绝口不讲一个拉丁词,而是只讲一口优雅、纯正又漂亮的卡斯蒂利亚语。如果知道哪个教士是上头直接任命的,我是说,靠钱财而非学问获得一纸主教批准书而任教职的,他就摇身一变装得像个圣托马斯[1],滔滔不绝地讲上两个钟头的拉丁文,虽说只是听上去像,而非真正的拉丁文。

要是有人不愿意买他的免罪符,他就想办法强迫人家买。为此他可没少与村民周旋,还常常使出一些坑蒙拐骗的伎俩。如果把我亲眼见他做的种种勾当都讲出来,难免啰唆,我只拣其中一桩最精彩逗笑的事情来讲,便足以证明他的本事了。

话说他到了托莱多的萨格拉镇上,布道宣讲已有两三日了,也照例尽心竭力地打点了一番,可就是没人来买他的免罪符,照我看,人家根本连想都没想买。他咒骂了一番,思忖着该如何行事,决定第二天把镇上居民召集起来,推销免罪符。

---

[1] 圣托马斯,此处指欧洲中世纪经院派博学的哲学家和神学家托马斯·阿奎那(1225—1274)。

那天晚饭后，他和公差斗牌，以一餐夜宵为赌注。玩着玩着，两人争吵起来，恶语相向。他骂公差是贼，公差则骂他是造假的骗子。一听这话，我那肩负神职的主人抄起了大门口放着的一杆长矛，公差也把腰间佩剑握在了手中。住店的客人和邻居们听到了我们这里的吵闹声，都过来劝架。而他们两人，怒火冲天，推开拦着他们的人，决意要拼个你死我活。可是，闻声赶来的人越来越多，挤满了屋子，他们眼看不能动武，便互相咒骂起来。公差骂我主人是造假的骗子，说他卖的免罪符全是假的。

最后，村里的人看没法调解，就一起把公差拉出了客栈。徒留我主人在那里生气。住店的客人和邻居们劝他消消火儿，早点歇息。于是，他便回屋来，我们也就这样歇息了。

第二天早上，我主人到教堂去，吩咐敲钟做弥撒，叫人来听讲经布道，为的就是兜售免罪符。村民们都来了，纷纷低声议论着免罪符的事，说那是假的，公差在吵架的时候抖出了真话。这样一来，他们本就不情愿买，现下就更加厌恶了。

肩负神职的兜售员登上讲道台开始布道，宣称这圣

第五章 拉撒路跟了一个兜售免罪符的人,及其跟随他的种种经历

符能赐福免罪,劝人们切莫错过良机。

他正讲到兴头上,公差走进教堂来,先是祷告一番,而后站起身来,他心明眼亮,从容不迫地高声道:

"善良的乡亲们,请听我一言,之后随你们想听谁的都行。我当初是和这个向你们兜售免罪符的家伙一道来的,他骗了我,叫我帮他干这项买卖,赚了钱两人分。现在,我醒悟到这勾当有损自己的良心,又掏空了你们的腰包,悔恨不已,所以前来向你们声明,他兜售的免罪符全是假的,你们别信,也别买。无论是直接还是间接,我都不干这勾当,从现在起,我放下我的权杖,把它丢到地上。有朝一日,这家伙因行骗而获罪,请你们为我做证,我不是他的同伙,也没帮他行骗,相反,是我向你们揭穿了谎言,指明了他的罪恶。"

公差说完了他的话。在场几个体面的人为了避免闹出乱子有伤大雅,正要起身,把公差撵出教堂。可我主人拦住了他们,吩咐所有人不要干涉,让公差说个够,谁干涉就把谁逐出教会。公差说话的时候,我主人也是一言不发。公差说完一通话,主人问还有何话,不妨都说出来。公差又说:

"关于你这个人,还有你造的假,还有的是可说的,

但现下说到这里就够了。"

肩负神职的兜售员在讲道台上双膝跪倒,双手合十,抬眼望天,说道:

"上帝啊,你无所不知,什么在你面前都无法遁形;你无所不能,什么事都能办到。你知道真情,知道我平白无故受到了多大的诬蔑。他对我做的,我原谅他,为了让你,我主上帝,也原谅我的罪过。你不要理会,他不知道自己的所言所行。可是,他对你的冒犯,我借着正义祈求你不要姑息。因为这里的人原本或许想买神圣的免罪符,听信了那人的谗言,就不再买了。可见他害人不浅,上帝啊,我祈求你不要姑息,而是照我说的办法,即刻显个奇迹:倘若那人说的是真的,倘若我真的作恶欺骗,就让这个讲道台连同我一起陷到七七四十九尺深的地下去,从此销声匿迹。倘如我说的是真的,而那人是着了魔鬼的道儿,为的是夺了在场人的功德,那就让他受到惩罚,好叫大家知道他的坏心。"

我那虔诚的主人刚祷告完,倒霉公差本来好端端地站着,突然一头栽倒在地,震得整个教堂都轰隆一声。他发出怪叫,口吐白沫,嘴角抽搐,面目狰狞,挥手舞脚,满地打滚。

第五章 拉撒路跟了一个兜售免罪符的人,及其跟随他的种种经历

全场哗然,一片嘈杂,甚至彼此说什么都难以听到。有人万分惊恐错愕。有人喊道:"上帝快显大能,救救他吧。"还有人说:"他自作自受,谁叫他撒了弥天大谎。"

最后,有几个人上前去,据我看也是战战兢兢地,他们捉住他挥拳乱打的双臂,又有人去按他的双腿,他们得使出九牛二虎之力才行,因为最刁蛮的骡子也没他踢得凶。他们就这样按住他好一会儿,少说也有十五个人压在他身上,稍不留神,就被他一巴掌打在脸上。

发生这一切的时候,我主人一直跪在讲道台上,双手向天,双眼仰望着上苍,进入了通灵的境界,教堂里的哭号声、喊叫声都无法将他从那种超然的境界中分隔开来。

几个好心的人走到他身边,大声唤他醒来,求他救救那个快要死去的可怜人,求他撇开旧怨,不要理会他说的恶言恶语,因为他已经为此付出了代价。相反,如果能想点法子救他脱离凶险,那就看在上帝仁慈的分儿上这样做吧,因为他们已经看清了那个罪人的罪过,也看出了我主人说的是真话,实乃大善人,上帝正是应了他的祈求和伸冤,片刻不息地施了惩罚。

肩负神职的兜售员仿佛从好梦中醒来，看了看他们，又看了看那个罪人和周围的所有人，慢条斯理地说道：

"好心的人们，上帝在这个人身上显了威严，你们真不该为他求情。不过，上帝命我们不要以恶报恶，要宽恕伤害我们的人，我们也就可以壮着胆子祈求他成全我们遵从他的旨意，求他宽恕这个人，尽管这人冒犯了他，动摇了人们神圣的信仰。我们一起祈求上帝吧。"

说着，他走下讲道台，让大家虔诚祈祷，求上帝慈悲，宽恕那个罪人，让他恢复健康和神智，如果因为他之前犯下的大罪，上帝默许魔鬼附在了他的身上，还求上帝驱走他身上的魔鬼。

所有人都跪了下来，在祭台前和教士们一起低声唱起了祷文。我主人拿着十字架和圣水，对着他唱诵一番，然后双手向天，双眼翻得只剩下白眼珠，念起了一段又长又虔诚的祈祷文，直念得众人都流下了热泪，就像耶稣受难日神父对着虔诚的信徒讲道时的情景。他说那人不过是听信了魔鬼的引诱，走上了死亡和罪恶的歧途，祈求上帝宽恕他，赐予他生命和健康，好让他悔改，忏悔自己的罪过，因为上帝所希望的也并非他死去，而是他痛改前非，悔过自新。

第五章 拉撒路跟了一个兜售免罪符的人,及其跟随他的种种经历

说完,他吩咐人把免罪符拿来,放在公差的头上。那位倒霉的公差慢慢好转,恢复了神智。他完全清醒之后,立刻扑倒在兜售员的脚边,请求他的原谅,忏悔说自己之前是受了魔鬼的驱使,替魔鬼说了话,其一是因为想陷害他,出一口怒气;其二,也是最主要的,是因为魔鬼气急败坏,怕人们买了免罪符而得福。

我主人原谅了他,两人言归于好。于是,城中的男女老少争先恐后购买免罪符,几乎无一人不买。

这件事传遍附近的城市,于是,当我们到达那些地方时,根本不用布道宣讲,甚至无须到教堂去,人们便纷纷赶到客栈来买免罪符,就像那是不要钱白给的梨子似的。就这样,在我们去到的附近的十一二个城市里,我主人没有布道就卖出去数千张免罪符。

我老实说吧,我主人跟人串通好演的那套把戏,我也像许多人那样,大吃一惊,信以为真。可是后来看见我主人和公差说起他们之间的勾当,并讥笑和调侃一番,才知道这都是我那诡计多端的主人的伎俩。

在另外一个地方,为了不影响它的声誉,名字我就不说了,在那儿发生了这么一桩事:我主人做了两三场布道,却没有人买免罪符。我那狡猾的主人见状,便说

免罪符能管用一整年，但还是没人愿买，他的努力白白浪费。于是，他吩咐敲钟，以便告辞。他在讲道台上布了道，并且道了别，准备从台上走下来时，把公证人和我叫过去，我当时正拿着褡裢。他让我们站在第一级台阶下面，接着，把公差手中的免罪符连同我褡裢里装的全部拿过去，放到自己脚边，又满脸堆笑地转身走上讲道台，将那些免罪符十张一叠或二十张一叠地向四处抛撒，边抛边说：

"我的兄弟姊妹们，拿去吧，拿着上帝给你们送到家中的恩典吧，你们不会后悔的，因为赎回身陷摩尔人领地的基督徒是功德无量的善举，让他们不至背弃信仰而堕入地狱，只求你的一点施舍，再加上五遍《天主经》和五遍《圣母经》，便能使得他们不再受人俘虏。不仅如此，正如免罪符上写着的，此举还能让你们炼狱中的父母兄弟及所有亲人获得益处。"

众人一看免罪符就这么从天而降，既像是白送的东西，又像是上帝亲手抛撒的，都拼了命地抢。他们掰着手指数，从襁褓中的婴儿到已故的亲人，从儿女到最末等的仆人，为家中每个人都抢上一张。我们被弄得手忙脚乱，我身上穿的那件破旧的衣服一时间被扯了个稀烂。我敢向您保证,就一个时辰多点,褡裢里的免罪符一扫而空,我不得不回客栈去再取一些回来。

所有人都拿够了,我主人在讲道台上叫他的公证人和镇政府的公证人起身,以便看清是哪些人获得了免罪符的神圣赦免,一一记录下来,好让他也能对派遣自己来的人有所交代。

就这样,所有人都心甘情愿地报上了自己拿的数目,从儿女、仆人到已故的亲人历数一遍。

清点完毕,他请求镇长们发慈悲,命令公证人将这里发放的免罪符的盘点情况登记造册。据公证人说,一共发放了两千多张。

诸事已毕,他平静和善地向大家道别,我们便离开了那里。我们动身之前,镇上助理神父和官员向他询问免罪符是否对母亲腹中的胎儿起作用,他回答说据他的学识判断是不起作用的。他建议他们去问比他年长的教会圣师,因为他是据他自己在免罪符方面的经验判断的。

就这样,我们便启程了,而众人则因得了便宜而欣喜若狂。我主人对公差和公证人说:

"你们觉得这些乡巴佬怎么样?这些人以为只要嘴上说说自己是老基督徒,不用行善,分文不出,灵魂就能得救呢。我以我帕斯卡西奥·戈麦斯学士的名义发誓,一准儿从他们身上榨出够救十个俘虏的钱来。"

于是,我们从那里出发,来到了托莱多辖地边界的一个地方,再往前就是拉曼却了。在那儿,我们又遇到了一群执意不肯买免罪符的人。我主人和我们这些同行的人竭尽心力,召集众人宣讲了两次,却连三十张免罪符都没卖出去。我那精明的主人见花费不少,损失很大,便想出一条诡计来兜售他的免罪符。那天,他做了一场大弥撒,布道完毕,又回到祭台上,拿起一个一掌多长的十字架,趁人没有注意,悄悄放到弥撒经文的下面。当时,祭台上有个火盆,是人们放在那里用来烤手的,因为天冷得厉害。我主人默不作声地把十字架放到火上,做完弥撒,祝福礼成,他便用一块手帕裹着十字架拿在右手里,左手拿着免罪符。走到祭台最下面的一级台阶上,假装亲吻了十字架。然后,示意众人前来瞻仰十字架。于是,众人按照平时的规矩,一个接一个排着队走上前来,几位镇长和年长者走在前面。第一个上前的是位年迈的镇长。尽管我主人小心翼翼地把十字架拿给他亲吻,他的脸还是被烫了一下,他急忙抽回身去。我主人见状说:

"当心,镇长老爷,快看,显灵了!"

如此这般,又有七八个人都遇到了同样的情形,我主人一一对他们说:

"当心,先生们,显灵了!"

他见已经有好几个人脸上挨了烫,足够见证那个圣迹了,便不再叫人再上前亲吻十字架了。他又走回祭台前,讲了一通精妙绝伦的话,说是全因当地的人不乐善好施,上帝才显了这个圣迹,还说就应该把那个十字架抬到主管这里的主教所辖的大教堂去,因为这里的人不好施舍,十字架才燃烧了。

如此一来,人们争相购买免罪符,两个公证人,外加所有教士和辅助祭祀的人都来帮忙登记都忙不过来。我敢肯定,正如我跟您说的,那次足足卖出去三千多张免罪符。

后来,我们临行前,他自是毕恭毕敬地去拿那个十字架,并说自己定要去给它镶上金边。镇政府和当地的教士们求他把十字架留给他们,以纪念那次圣迹。他无论如何不肯答应,最后,他们百般央求,他才同意。为此,他们把自己的一个年头久远的十字架给了他,据他们说是古董、纯银的,足有两三磅重。

就这样，我们高高兴兴地离开了那里，一来是十字架换得合算，二来是买卖顺当。这件事的来龙去脉除了我没有人知晓。当时我凑巧也走到了祭台跟前，想看看那些瓶子里有没有剩下点儿做弥撒用的葡萄酒，以便依照我往日的习惯，把它存到我身体里最妥当的地方。我主人见我也在那里，赶忙把手指贴到嘴上，示意我不要出声。我照做了，因为这对我也不无益处，尽管我看到那个圣迹时，差点儿忍不住抖搂出来。我那狡猾的主人有戒心，从不让我跟别人说起这事，我也确实从没有说出去过，因为他让我发誓不揭穿那次圣迹，而我时至今日都守口如瓶。[1]

我虽然还是个孩子，却也觉得有趣，暗想："真不知那些兜售免罪符的家伙对无辜的人们玩弄过多少次这样的伎俩！"

总而言之，我跟着这第五位主人约莫四个月，也遭了不少罪。虽说伙食还算不错，而这其实全都仰仗他布道所到之处的神父和教士们。[2]

---

[1] 以上楷体部分，是1554年出版的阿尔卡拉版本中插入的段落。
[2] 同上。

第六章　拉撒路投靠一个驻堂神父，及其跟随他的境遇

这之后，我又伺候过一个画手鼓的师傅，替他研磨颜料，又吃了千般苦头。

那时候，我已经是个健壮的小伙子了。一天，我走进了大教堂，一位驻堂神父留我做了用人。他交给我一头驴子、四只瓦罐和一条鞭子，让我到城中卖水。这是我过上好日子的第一步，因为终于有东西糊口了。我平日每天上缴主人三十大钱，其余的进项全部归自己，星期六的进账也归我所有。

我这个买卖做得很是不错，稳赚不赔，干了四年后，攒下的钱竟然够我买上几件旧衣服，穿得体面些。我买了一件旧粗绒上衣，一件开领的、袖子有编织花纹的破旧外套，一件斗篷，新的时候应该是卷毛绒的，还有一把奎利亚尔[1]早年间出产的剑。我见自己已经穿得像模像样了，便对主人说，驴子奉还，我不想再干这行当了。

---

[1] 奎利亚尔，西班牙塞哥维亚省城市，就是前面提到的15世纪西班牙铸剑名家安东尼奥所在的城市。

第七章　拉撒路投靠一个公差，
及其跟随他的遭遇

辞别了驻堂神父，我便跟了一个公差，干起了维护正义的行当。然而，我跟着他却没有多久，因为觉得这行当实在危险。尤其是一天晚上，几个逃犯拿着石头和棍子追我们。我主人稍慢一步，就被他们毒打一顿，幸而没有追上我。从此我就洗手不干了。

我正不知如何安顿，好让自己过得安逸些，还能攒下养老钱，上帝便开恩，为我指了条明路。我靠朋友和老爷们的关照，才谋得了这样一份好差事，之前的艰辛和苦难也算终有所偿。这是份给国王效力的差事，要知道一个人要发家，唯有效力皇家[1]。

我至今还靠着这份差事过活，为上帝，也为大人您效力。城中卖酒，或拍卖东西，或寻找失物，由我来宣告消息；吃了正义苦头的人，也由我押着，大声宣告

---

[1] 此处暗指西班牙谚语：发家致富三条路：教会、航海和皇家。

第七章 拉撒路投靠一个公差,及其跟随他的遭遇

他的罪状。简而言之,我就是个能说会道宣告消息的报子。

就在我任这个差事的时候,一天,我们要在托莱多城中绞死一个小偷。我手里拿着一根粗麻绳,突然明白了我那瞎子主人曾在埃斯卡洛纳跟我说过的话,我很是后悔自己没有对他以德报怨,他教了我那么多道理,仅次于上帝,正是因为他教我的偷生之道,我才有了今天的一切。[1]

我的差事干得简直得心应手,游刃有余,但凡跟这一行相关的,几乎都要经我的手,全城之中,谁要卖个酒水或是其他什么东西,如果我托尔梅斯河的拉撒路不插手,就休想赚钱。

正是此时,我的主人,您的仆人和朋友,圣萨尔瓦多的大司铎听闻了我的人品,因为我曾经帮他叫卖过葡萄酒。他见我精明能干,日子又过得不错,便想把他的一个女仆嫁给我。我清楚这样的人物只能给我带来好处和恩惠,便一口答应下来。于是,我娶了那个女仆,直到现在我也没有后悔过。她不但温柔勤快,而且我还因

---

[1] 以上楷体部分,是1554年出版的阿尔卡拉版本中插入的段落。

此得到了司铎大人的种种恩惠和照拂。一年中他多次送给她麦子，加起来约有一担之多；复活节，给她送肉；有时还给她一两个白面包，或是他丢下的裤子。他让我们租下他家旁边的一间小房子，每到星期天或者大部分节庆日，我们都到他家里去吃饭。

可是，身边总是不乏赤口毒舌之人，不叫我们好好过日子，有一搭无一搭地说什么看见我老婆给司铎大人铺床又烧饭。但愿上帝保佑他们，如果他们说的是实话。不过，那段时间我也起过疑心，有几顿晚饭她着实让我等苦了，从晚上一直等到早祷的时候，甚至更久，我一下子想起了我的瞎子主人在埃斯卡洛纳手握兽角时跟我说的那番话，不过，说实在的，我总觉得是魔鬼让我想起了那些话，好叫我跟老婆不和，所以他并没有得逞。[1]

因为，不但我老婆绝不忍受这样的风言风语，我主人也跟我做过保证，我相信他说的一定作数。他有一次当着我老婆的面和我坦诚长谈，他说：

"托尔梅斯河的拉撒路，听信风言风语的人是无法

---

[1] 以上楷体部分，是1554年出版的阿尔卡拉版本中插入的段落。

发迹的。我这样说，是因为我并不奇怪有人看见你的妻子进出我的家门。她来我家无损你和她的清誉。这一点我向你保证。所以，不要管别人说的，只管你自己的事情，我是说，只管你得到的好处就行了。"

"老爷，"我回答说，"我早就下定决心投靠好人。的确有几个朋友跟我说过这样的闲言碎语，甚至还再三向我保证，说她在嫁给我以前，生过三次孩子。既然她也在这儿，我就对大人您直说了。"

我老婆当即指天发誓了好几遍，我都怕整座房子都要同我们一起陷入深渊了。之后，她哭了起来，咒骂那个把她嫁给我的人。她这样一闹，我真觉得宁可死了也不该说出那番话来。我和我的主人一左一右，对她说了不知多少好话，又做出不知多少许诺，她才止住了眼泪。我向她发誓说，我这辈子都不会再提起此事，她无论是白天还是晚上进入大司铎家，我都高兴，都乐意，因为我完全相信她是个好女人。就这样，我们三个人相安无事了。

直到今天，谁也没再听我们提起过这事。而且，每当我觉得有人想对我老婆说三道四时，便抢在他前头说：

"听着,如果你够得上朋友,就别说给我添堵的话。谁要是让我烦心,尤其是想让我们夫妻不睦,我就不认他这个朋友。我老婆是这个世界上我最珍爱之物,我爱她胜过自己。正是因为她,上帝才赏赐我千百种恩惠,远远超过了我配享有的福分。我敢指着圣体发誓,她和托莱多城里的所有女人一样好。谁要是有二话,我就跟他拼命。"

这样一来,就再没人对我说什么了,我也就过起了太平日子。

这些事发生的时候,正好是在我们战无不胜的皇帝进入托莱多这座名城并建立王朝的那一年,其时万民欢庆,大人您也一定知道。那正是我丰衣足食、运气最好的时候。

至于我今后的经历,容我日后再向您禀报。[1]

---

[1] 以上楷体部分,是1554年出版的阿尔卡拉版本中插入的段落。

译后记

杨 玲

经典文学的特质或许就在于其矛盾性，普遍与特殊、共鸣与陌生、时代与永恒、复杂与简约、情节与主题等一对对矛盾的特性相生相克，却又相辅相成。没有一部经典能够让人一眼看穿，没有一部经典仅仅流行一时。"不能让人重读的作品算不上经典"，哈罗德·布鲁姆在《西方正典》中如是说。巴尔加斯·略萨则认为经典有自我翻新的能力。陈众议老师说经典阅读关乎民族精神，经典具有复活的本能，外国文学是我们激活自己的经典、为中华民族的文化母体注入活力的重要手段。可见，百读不厌，常读常新，是经典的魅力所在。在当下这个信息爆炸的时代，回归经典，回到文本上来，站在历史的高度重新审视和解读经典，其意义可谓深远。作为流浪汉文学的开山之作，《小癞子》无疑具有无可比拟的社会意义和艺术价值，堪称经典中的经典。

此番我能有机会翻译《小癞子》，首先要感谢三联书店，感谢他们的独具慧眼和非凡魄力，能够选中这部短小精悍却又魅力无穷的作品。同时，也感谢各位编辑对我慢工出细活的宽容和忍耐。这次翻译对于我，是与这部经典的第 N 次重逢，青少年时期初读时的困惑，教学和科研时的反复揣摩与思考，都会时而不由自主地融入翻译的过程之中。常常译着译着，就忍不住开小差，翻出自己年少时的笔记、上学时的教材、教学用的教案来，又或是为了一个词，就花整整一上午来读文学史或者评论文章，自我放纵地进行一次温故而知新的回忆与虚幻之旅。这样做的坏处自然是显而易见的，时间飞逝，进展却极其缓慢。然而，这样做的益处又是无形之中的，虽不敢说精雕细琢，却也称得上字斟句酌。

能够翻译《小癞子》，对我来说是莫大的幸运，也是巨大的挑战。杨绛先生的译本在某种程度上是无人能及的。单单是主人公的名字，杨绛先生的译法就结合了中西方文化的精髓，是她考证了"拉撒路"之名的出处，又参考我国古典小说《儒林外史》和《红楼梦》里将泼皮无赖称作"喇子"或"辣子"的说法，最终寻得的妙译。所以，对于这样的妙笔，我绝没有更好的新词取而代之，甘愿延续先生的译法，但也绝不敢掠美，一定会老老实实地在文中注明。此外,盛力教授的译本也是典范中的典范。每当我对某一处细节拿不太准时,便会去查阅盛教授的译法,同时查阅文学史等资料,最终找出自己的解决方案。所以,在此我要衷心感谢杨绛先生和盛力老师。

版本上,以1554年出版的阿尔卡拉版本(La edición de Alcalá)为底本,这也是最完整的原文版本,尽可能地把最原始的内容原汁原味地呈现给读者。一如《堂吉诃德》中部分情节出现前后不一致的现象,完整版的《小癞子》中有少量段落甚至与上下文有脱节之嫌,但也正是这些段落,恰恰可以再现这部作品的成书过程以及审美的变迁。塞万提斯就曾借人物之口在《堂吉诃德》第二部中向读者解释第一部里的疏漏,例如针对灰驴的"失而复得"等情节,他巧妙地为自己辩解:"说不定找错的以为是缺点,其实仿佛脸上的痣,有时反增添了妩媚。"由此,塞万提斯不仅展示了元小说的独特元素,更是从接受美学的角度,对小说的创作与读者的接受之间的关系进行了完美诠释。同样,《小癞子》不同版本之间的细微差别也起到了无心插柳柳成荫的作用,能够给读者以启迪,为研究者提供素材,针对作家及其时代在思想和审美上的变化展开讨论。

说到语言风格与翻译策略,没有几部作品像《小癞子》这样如此真切地要求两者之间的完美契合,以保持原著的文风之美。原著最大的特色就是语言幽默诙谐,通过讽刺、反语、双关、夸张等修辞手法,针砭时弊,把社会的极端不公、教会的腐朽虚伪、权贵的骄奢淫逸、底层人民生活的百般艰辛淋漓尽致地展现出来。针对这样的文风,译文自然不能只顾意义正确的形似,更要顾及意味一致的神似。例如,吝啬的瞎子给装面包的口袋上锁,饥饿难耐的小癞子不得不拆开口袋的接缝儿偷取食物的情景,原文为:"por un poco de costura, que muchas veces del un lado del fardel descosía y tornaba a coser sangraba el avariento fardel sacando no por tasa pan, mas buenos pedazos, torreznos y longaniza."值得注意的是原文中用的是"sangraba"一词,原意为"放血",转译为"揩油",作者此处既想说小癞子从瞎子身上揩油,又特意借用"放血"一词,影射瞎子在道德上悭吝狠毒的病症,小癞子的行为恰如为其"放血治病",讽刺意味深远。因此,我选择了保留"放血"的喻义,将此句译为:"我就把口袋一侧的接缝儿拆开几针——

那条缝儿我可是拆开又缝上了无数次——给那只贪婪的口袋'放血',拿出来的可不是一小片面包,而是大块面包,炸肉条和香肠。"诸如此类的例子还有很多,在此就不一一赘述了。

《小癞子》在体裁和题材方面对世界文学的贡献是毋庸置疑的,可谓开近代长篇小说之先河,并且开创了一种全新的文学题材——流浪汉小说,被誉为第一部现代小说,更被视作"《堂吉诃德》的胚胎"。塞万提斯曾在《堂吉诃德》中骄傲地称自己的作品"压倒了《托美思河上的小癞子》",可见其对后者的推崇。陈众议老师概括出了西班牙黄金世纪经典作品的创作规律,即"情节+主题=X"的文学"黄金定律"。的确,无论是从一波三折、引人入胜的情节上看,还是从嬉笑怒骂反映底层百姓生活、批评社会弊病的主题上看,《小癞子》无疑都是这条"黄金定律"的明证。

像《堂吉诃德》一样,《小癞子》带给人们的是"含泪的笑"。当我们读到天真善良、却不失机智狡黠的小癞子在艰难时世中被撞得头破血流,不禁要流下热泪。亚里士多德说,悲剧和喜剧的不同在于,悲剧模仿高尚尊贵之人,喜剧则倾向于模仿卑劣粗鄙之人 。在这个意义上，《小癞子》既非悲剧，又非喜剧，而是两者兼备。从《小癞子》中，我们读出的不仅是文艺复兴时期的人性解放，更读出了西班牙文学传统特有的与潮流保持距离的冷静。

最后，借用作者的幽默风格，在此表达我卑微而热情的希望：这本书是一个精妙绝伦的小故事，我却译得粗陋，但倘若有心的读者从中得到了点儿消遣，并且能够读出世事的艰辛以及苟活于逆境的小癞子的勇敢与善良，那我也绝对会喜不自胜的。